AF409267

Zwart Goud
Een Westerse Roman

Richard G. Hole

Far West 2

Olie was een even fantastische rijkdom als goud was geweest, en om deze reden stond het niet voor niets bekend onder de symbolische en enigszins onheilspellende naam 'zwart goud'.

Olie was iets eenvoudiger te ontdekken en te exploiteren dan puur goud. Het was genoeg om je geluk te beproeven en je mond te openen waar de nafta met overweldigende kracht naar buiten gutste, om de verbazingwekkende mijn te bezitten die duizenden en duizenden tonnen zou produceren en daarmee duizenden en duizenden dollars, omdat het nauwelijks uit de ingewanden van de aarde de vuile vloeistof, het was niet nodig om dag in dag uit te blijven graven om de schat eruit te halen. Het was voldoende om de verzameling van de waardevolle vloeistof te organiseren en de continue prestaties ervan te benutten.

Om deze reden waren honderden mannen, die belust waren op snelle rijkdom, zodra het nieuws van de eerste olie-ontdekking zich verspreidde, verbaasd over de ontdekking en lanceerden ze zichzelf om met meer of minder fortuin gaten te openen, omdat de ondergrond barstte van de olie en hij wilde het uit zijn buik verdrijven.

Zwart Goud is een verhaal dat behoort tot de Far West-collectie, een verzameling romans ontwikkeld in het Amerikaanse Wilde Westen.

ZWART GOUD

HOOFDSTUK I

KRUISVOER TEGEN ZWART GOUD

De hele enorme kloof die zich opende naar het zuidoosten van Oklahoma met de rivieren Muddy Boggy aan de linkerkant en de Kiamichi-rivieren aan de rechterkant, was een weelderig groen weiland voor vee. De gecombineerde inspanning van de verschillende helden van de territoriale verdeling van de nieuwe en laatste staat van Noord-Amerika, had dat roodachtige en opstandige land in eerste instantie na enorm werk omgevormd tot grasland, in een emporium van rijkdom voor vee en er waren verschillende boerderijen die waar Ze in de regio het vee hadden laten groeien in een staat die relatief nieuw was toen het het koloniseerde en, gezien de toename van de bevolking die het had verworven, de hulp van vee nodig had om te zorgen voor het onderhoud van zo vele honderden en honderden avonturiers terwijl ze zich in het pasgeboren Oklahoma hadden gevestigd.

Aanvankelijk suggereerde alles dat dit geschikte stuk Amerikaans land in de voetsporen zou treden van buurland Texas.

Het land was, eenmaal opgestart, zeer geschikt voor vee, en de kolonisten, evenals de veeboeren, waren tevreden met de prestaties van hun eigendommen na de aanvankelijke perikelen van hun vroege dagen als pioniers van dit land, aangezien niets Ze hadden gevonden een aanval toen ze hun percelen in bezit namen, en ze hadden alles met de hand moeten optillen ten koste van enorme inspanningen en zelfs heroïsche offers.

En denk niet dat het een gemakkelijke en risicoloze taak was geweest om de wilde landen van de nieuwe staat te bekeren. Aan het gevecht met het vijandige land was het nodig om de andere, meer dramatische, toe te voegen met de ongelukkigen die te laat in de cast kwamen en geen plek vonden om zich te vestigen, en vervolgens met de verschillende en gevaarlijke bendes van avonturiers en levers, die onder onder de dekmantel van desoriëntatie en het ontbreken van zowel communicatie als gezag, probeerden ze slachtoffers te maken van hun plundering en roof van de nieuwe eigenaren. Er waren veel gevechten, veel bloed en veel slachtoffers nodig om dit gevaar te verminderen, een gezagsprincipe in te stellen en communicatiekanalen op te zetten die verbonden waren met de grensstaten.

Maar alles was met meer of minder moeite overwonnen en er was een tijd gekomen dat het abnormale niet meer of minder abnormaal was dan op andere plaatsen op het continent.

Maar toen deze moeilijkheden waren overwonnen, toen degenen die daar gevestigd waren geloofden dat het moment was aangebroken om te genieten van de rust waarop ze een welverdiend recht hadden en toen het leek alsof geen andere collectieve en explosieve opschudding hen bedreigde, zette de grillige Natuur een verschrikkelijke kruitvat, dat hoewel het voor velen en voor de natie zelfs een nieuw rijk van rijkdom zou kunnen zijn, het voor velen van degenen die zich daar vestigden een verschrikkelijke bedreiging zou worden en een nieuwe en bloedige oorlog die zo lang zou duren als een van de de twee strijdende partijen werden verslagen.

Net zoals Californië een verschrikkelijke hel werd op de dag dat de timmerman van Sutter goud ontdekte in zijn molen, zo toen op een dag iemand de aarde aan het graven was en de eerste oliebron op die breedtegraden oprichtte, de meest complete. De revolutie bedreigde Oklahoma vanaf de zuidelijke grens, met Texas , naar die van het noorden, met Kansas. Olie was een even fantastische rijkdom als goud was geweest, en om deze reden stond het niet voor niets bekend onder de symbolische en enigszins onheilspellende naam 'zwart goud'.

Olie was iets eenvoudiger te ontdekken en te exploiteren dan puur goud. Het was genoeg om je geluk te beproeven en je mond te openen waar de nafta met overweldigende kracht naar buiten gutste, om de verbazingwekkende mijn te bezitten die duizenden en duizenden tonnen zou produceren en daarmee duizenden en duizenden dollars, omdat het nauwelijks uit de ingewanden van de aarde de vuile vloeistof, het was niet nodig om dag in dag uit te blijven graven om de schat eruit te halen. Het was voldoende om de verzameling van de waardevolle vloeistof te organiseren en de continue prestaties ervan te benutten.

Om deze reden waren honderden mannen die belust waren op snelle rijkdom, zodra het nieuws van de eerste olie-ontdekking zich verspreidde, verbaasd over de ontdekking en lanceerden ze zichzelf om gaten te openen met meer of minder fortuin, hoewel in veel gevallen met fortuin, omdat de de ondergrond barstte het van de olie en stond te popelen om het uit zijn ingewanden te verdrijven.

Onmiddellijk vielen de slimsten, de slimsten, degenen die altijd op koopjesjacht waren, als legioenen vraatzuchtige termieten op de plaatsen die het meest bevorderlijk waren voor uitbuiting en begonnen de strijd, de vechtpartij, het min of meer eerlijke aanbod. of roofzuchtig voor de exploitatie van die rijkdom, dat hoewel het natuurlijk en spontaan was, het vanzelf stroomde, aan de andere kant een nogal gecompliceerde organisatie nodig had om het juiste gebruik van het product te krijgen.

Het product had natuurlijke afzettingen nodig om te worden verzameld, speciale containers om het op te sluiten. Adequate middelen voor transport en vervolgens raffinagefabrieken om het te zuiveren en markten waar het te plaatsen.

En dit was te veel voor de arme kolonisten die van de ene op de andere dag met een of twee of meerdere putten leken olie, die verloren gingen zonder middelen van uitbuiting, aangezien die start-up niet alleen kapitaal vereiste, maar alle ingewikkelde mechanica van zijn verzameling, transport, verfijning en plaatsing.

En aangezien de agiotista's dit wisten, probeerden ze hiervan te profiteren ten koste van de eigenaren van het land en de ontluikende bronnen.

Exploitatiebedrijven werden snel georganiseerd en namen contact op met de eigenaren. Sommigen om het land te verwerven onder voorbehoud van een hogere opbrengst die nog steeds verborgen waren en anderen, toen ze weerstand ondervonden voor verkoop, reserveerden een deel van het voordeel aan de legitieme eigenaren van de putten.

Toen het aantal mensen dat verbaasd was over de olie legio begon te vormen en er in korte tijd veel putten werden geopend, was het een moeilijke taak om naar alle plaatsen te gaan om te profiteren van wat verloren dreigde te gaan, en de eerste om ga naar de claim zag en ontmoette elkaar. Ze wilden, maar al snel kwamen er nieuwe uitbuiters, werden geldmaatschappijen opgericht om alles te dekken wat binnen hun bereik lag en de start-up werd genormaliseerd, waardoor een nieuwe rijkdom werd bevorderd die de staat de grootste impuls zou geven, bijna van de ene op de andere dag miljonairs zou creëren en zou het egoïsme van het rijk worden aanwakkeren bij degenen die nog niet het geluk hadden gehad om een naad van zwart goud te ontdekken.

Avonturiers waagden zich net als in de tijd van de Russ of California met de toppen en de gaten om de grond te graven waar ze het beste leken, zonder respect voor heerschappij of eigendom. Er moesten nieuwe bronnen worden ontdekt, en toen de rechtmatige eigenaar van het maagdelijke land zich tegen de invasie verzette of hem probeerde te zijn en niet een vreemde hand die zijn geluk beproefde, braken er bloedige gevechten en gevechten uit, die een telling van de doden begonnen te vormen van het ene en het andere deel, behoorlijk angstaanjagend.

Zoals altijd prevaleerde brute of collectieve kracht boven zwakte. Soms, wanneer de indringer talrijk, ruw en georganiseerd was, elimineerde hij de gewetenloze eigenaar van welke soort dan ook, en andere keren, wanneer de binnengevallen de kracht hadden, schoot hij de indringer neer, of liet hij hem genageld achter naast de putten die hij probeerde openen. .

Maar, net als goud, was niet heel Oklahoma een nafta-afzetting. Er waren weelderige plaatsen, zakken waar olie ontstond op elke plaats waar een gat werd geopend, maar in andere was de inspanning negatief, omdat het zwarte goud daar niet bestond of zo diep was dat het niet met een eenvoudig gat was dat kon worden gebruikt. kracht om te stromen.

Volgens studies die op dit gebied zijn uitgevoerd, is het bekend dat olie in de tegenovergestelde richting van water is. Dit sijpelt naar beneden en vlucht het binnenland in, en olie daarentegen heeft de neiging om te stijgen en daarom stijgt het, zodra het de kleinste opening van expansie vindt, met overweldigende kracht op.

Olie lijkt zich te vormen op plaatsen die koepels worden genoemd, dat wil zeggen waar de holle aarde ondoordringbare wanden heeft. Daarin wordt de vijver, lagune of kleine zee gevormd, alles hangt af van de opening en daar blijft het totdat het eerste gat het uitzet. Vervolgens wordt de koepel ontdekt, die honderden putten kan voeden, afhankelijk van de hoeveelheid opgehoopte vloeistof.

En aangezien deze koepels ondergronds zijn, kan niemand zich voorstellen waar de olie zich verstopt. Soms zijn er onder de weelderige grond van de prairies miljoenen tonnen verborgen, en in plaats daarvan werd in gebroken of golvend terrein geen enkele gallon ontdekt.

Om deze reden was de ontdekking van het zwarte goud meer een kwestie van geluk, hoewel op sommige plaatsen de zakken intern zo uitgebreid waren dat het voor vele kilometers in lengte en breedte voldoende was om te boren om het onmiddellijk te zien verschijnen.

Deze voorlopige en empirische ontdekkingen van olie in Oklahoma deden mensen geloven dat de zoektocht eenvoudig was, maar de algemene geschiedenis van olie bewijst het tegendeel. Als voorbeeldknop kunnen we het volgende noemen. De Imperial Oil Company van Canada, een van de rijkste in exploitaties van dit type, heeft gedurende vijfentwintig jaar vijfentwintig miljoen dollar uitgegeven aan het openen van honderdvijf gaten van verschillende diepten, die tot bijna vier mijl reikten, en alle met negatieve resultaten, totdat ze op een dag, bij het boren van put nummer honderdzes, een van de meest reproductieve vondsten in de geschiedenis deed, die haar compenseerde voor zoveel jaren steriel werk en zoveel tevergeefs begraven kosten. Als hij dit laatste succes niet had gehad, zou het verlies voor het bedrijf verschrikkelijk zijn geweest,

Maar deze complicaties zouden zich later voordoen, toen de afzettingen die naar de oppervlakte van de grond waren gemaakt eenmaal in bedrijf waren, ze waren georganiseerd en onze geschiedenis vasthoudt aan de primitieve tijd van de eerste putten in Oklahoma.

Het is noodzakelijk om te verduidelijken dat niet alle mensen die zich in dat gebied vestigden, besmet waren met de zwarte goudkoorts. Integendeel, er waren fervente vijanden van het zoeken en exploiteren van dergelijke rijkdom, want wat voor sommigen een onverwachte bron van rijkdom was, voor anderen iets onsympathieks en voor velen een dreiging van ondergang waartegen ze zich voorbereidden om te vechten.

De aardolielaag vormde een ernstig gevaar voor degenen die het dichtst bij dergelijke bronnen van rijkdom stonden, in wier land geen benzine was of ze niet hadden willen zoeken.

Het was als een giftige adem die alles om zich heen opdroogde en verdorde. Het land was doordrenkt met olie, het land werd steriel, het gras werd grijs tot het stierf van het sap, en het nabijgelegen vee, dat zich voedde met het gras dat naast de velden groeide, kreeg uiteindelijk geen weiland, toen het niet beschikbaar was. hij vergiftigde met wat hij innam, verontreinigd met olie.

Om deze reden voelden de boeren die nu hun zaken met het gewei verdedigden, wat hen zoveel moeite en vermoeidheid had gekost om uit te voeren, een verschrikkelijk onbehagen over de olie-invasie en niet alleen wilden ze niets weten over de nieuwe onderneming, maar ze hadden zich ook fervente vijanden van hem verklaard. Degenen die gevestigd waren in gebieden die de onverzadigbare zoekers nog niet hadden gezien, bleven relatief kalm, hoewel voortdurend op hun hoede, voor wat er kon gebeuren, maar degenen die zagen, gealarmeerd, hoe de zoektocht meedogenloos naar hun domeinen vorderde, de aarde dreigend te verzadigen, doden het gras en de bundels vergiftigd, stonden ze op in het aangezicht van gevaar en maakten zich klaar om hem te ontmoeten.

Het Wesley-gebied was uit de buurt van de nieuwe koorts gebleven, maar de dreiging was niet ver weg en alle kolonisten en veeboeren in dat deel van het gebied leefden met hun ziel in een draad, in afwachting van het nieuws dat de een en de ander werden doorgegeven met betrekking tot olieactiviteiten op afstand.

Van de landeigenaren en veeboeren van dat bekken was Armor Fuchs degene die het meest opviel door het belang van zijn eigendom en de grote kudde vee die hij was komen verzamelen, die toen de invasie van Oklahoma zijn positie als voorman op een ranch in Texas om het avontuur aan te gaan, waarbij hij het geluk deed, aangezien hij een groot gebied van de prairie had beperkt met de hulp van twee broers die hem in de race waren gevolgd, alleen om hem te helpen terrein te veroveren, hoewel later, toen Armor werd geconsolideerd, gaven ze dat op om door te gaan met hun bedrijf, dat niets met vee te maken had.

Armor nam kort daarna een klein team mee uit Texas, allemaal behorend tot de ranch waar hij had gewerkt. Hij bood hun betere voorwaarden dan hun oude werkgever, en de arbeiders aarzelden niet om de nieuwe baan aan te nemen.

Maar ze verdienden de verhoging goed, omdat ze vooral de eerste twee jaar moesten vechten met bendes van ongewensten die leefden van prooi en aanval, hoewel later, toen de gemoederen kalmeerden, hun missie minder bloot en kalmer was. .

Armor, die zijn vrouw en dochter in Texas had achtergelaten, omdat hij hen niet wilde blootstellen aan de wisselvalligheden van dat avontuur, hield ze tijdens deze twee rusteloze jaren bij hem weg, maar toen hij geloofde dat de omgeving hen in staat stelde om opnieuw in zijn eigendom te worden geïntegreerd , raapte hij ze op en bracht ze naar de ranch die hij in de tussentijd had gebouwd.

Armor had geluk; het vee werd goed grootgebracht, de nakomelingen waren vruchtbaar en in korte tijd slaagde hij er niet alleen in om enkele duizenden runderen te verzamelen, maar ook om de sterkste en meest prestigieuze veeboer in dat deel van de staat te worden.

En aangezien hij tussen het vee was geboren en tussen hen was grootgebracht, en vee voor hem zijn passie en zijn bron van welvaart was, wilde hij niets horen over olie, hoe gunstig de exploitatie ervan ook was. Verliefd op de weiden en weiden, leed hij enorm als hij een uitgedroogde of kale grond overwoog vanwege die verdomde olie, waarvan de enige geur hem leek te verstikken.

Toen het nieuws van wat er daar gebeurde, bereikte en hij van de bronnen naar het oosten oprukte, werd hij zo gealarmeerd dat hij een aanval kreeg. Hij kon niet tolereren dat zijn land werd geboord, noch dat het effect van de verdomde olie zijn lelijke weiden zou aantasten en zijn vee in gevaar zou brengen.

Maar ... hij bezat alleen zijn eigen land en kon niet over het land van anderen beschikken, of buiten zijn eigendom heersen. Ieder was er een meester in om met zijn eigen te doen wat hij wilde, hoewel later, vanwege de natuurlijke effecten van uitbuiting, iemand schade kon oplopen door afwijzing.

En om erachter te komen wat zijn houding zou moeten zijn en op welke krachten hij zou rekenen als hij het gevaar het hoofd moest bieden, riep hij op een dag de verschillende boeren die in de buurt waren gevestigd en de kolonisten, die ook in dit geval meetelden.

Armor gaf hen een uiteenzetting van het gevaar dat olie voor hen zou vormen, tegen de problematische mogelijkheid dat er nafta bestond. Het deed hen zien hoe kalm ze leefden tegen het onbehagen dat die koorts van zwart goud achter zich aan sleurde. Het zou kunnen gebeuren dat er op een bepaald stuk land olie was en op andere niet, in welk geval de loutere aanwezigheid van een bron die iemand ten goede zou kunnen komen zonder te weten wie, in plaats daarvan andere zou kunnen ruïneren, aangezien de aarde zou lijden onder de toevloed van die uitdrogende en dodelijke vloeistof, die het land zou kunnen opdrogen, gewassen onvruchtbaar zou maken en vee zou vernietigen.

Aan de andere kant, als ze meededen aan een zware kruistocht tegen elke boorpoging, zouden ze elke dag meer winnen, omdat naarmate boerderijen en velden die door putten waren binnengevallen verdwenen, vlees en granen schaars waren vanwege de groei van olie- en gassteden. Hun producten en hun vee zouden beter en tegen een betere prijs worden verkocht, aangezien de markt van vraag en aanbod het prijspatroon bepaalde en er meer schaarste en behoefte was, meer concurrentie voor acquisitie en hogere prijzen.

Hij werd beëdigd en beloofde zijn land niet te leasen, verkopen of een houweel te laten drijven om nieuwe bronnen van nafta te vinden. Als de anderen bereid waren hem te steunen, zou hij de kracht van zijn team inzetten voor de verdediging van dat ongerepte gebied, ten gunste van wie het ook was, en ze zouden hem verdedigen tegen elke vorm van verontwaardiging of dwang, om hem te dwingen zijn landt.

Als dat het geval was, moest iedereen een document ondertekenen waarin ze zich aansloten en beloofden de invasie te voorkomen van de wilde stakingen die rondzwierven op de nog niet geëxploiteerde plaatsen, op zoek naar mogelijke deposito's om aan de bedrijven aan te bieden. Allen voor één en één voor allen, en als ze het document ondertekenden en iemand miste het, het loutere feit van het breken van wat getekend was, machtigde de anderen om in hun eigendom in te grijpen op de manier die de gemeenschappelijke belangen van de rest vereisten. En als hij, die meer land bezat dan wie ook en de beste kans had om daar olie te bezitten, zich hieraan zou verbinden, gaf hij een solide garantie aan de anderen, die minder kans hadden om het te krijgen. In plaats daarvan zouden ze blijven profiteren van het tekort aan tarwe, voer en vlees en de winst van hun bedrijven vergroten,

Het voorstel werd besproken, de voor- en nadelen werden bestudeerd en uiteindelijk werd unaniem besloten een stevig front te vormen tegen de olie-invasie en het door Armor aangegeven document te ondertekenen.

Het was onder meer opgesteld, waarin de grondslagen van de overeenkomst goed werden gespecificeerd, waaraan iedereen zich in zijn eigen bestwil en ten gunste van de anderen heeft verbonden, en toen het eenmaal was opgesteld en ondertekend, werden ook exemplaren ondertekend door alle , zodat iedereen er een bezat.

Armor werd benoemd tot president van die vreemde vereniging, waardoor hij het initiatief kreeg om elke invasiepoging het hoofd te bieden. Armor accepteerde het en bood voor meer zekerheid aan om zijn team uit te breiden met nog een half dozijn pionnen.

Als vlees in prijs steeg, maakte de winst deze hogere kosten mogelijk en hielp het de gemeenschappelijke verdediging te versterken, waaruit niemand kon worden weggegooid, als in ieder geval de gezamenlijke inspanning van iedereen nodig was. Hoewel het gevaar op dat moment niet acuut leek, aangezien de voorhoede van de perforators nog niet in de buurt was gearriveerd, was het goed om voorbereid te zijn voor het geval ze zouden verschijnen.

De overeenkomst trof, naast Armor, drie andere veeboeren, allemaal verder naar het oosten, en dus meer in de achterhoede van de opmars, en zes min of meer prominente kolonisten. Van de tien, met het personeel onder hun bevel, vormden ze, als ze hen niet de rug toekeerden, een kracht die een barrière zou kunnen vormen tegen de uitbreiding van die verderfelijke en verwoestende golf.

Armor leek rustiger na dat pact. Als ze hem met rust hadden gelaten, zou hij door de mensen om hem heen kunnen worden verstikt als er olie in dat gebied zou ontstaan, maar nu was er een zeer vergevorderde scheidslijn getrokken, die de komst van de zoekers naar het hart van die volslagen ijdelheid zou verhinderen.

HOOFDSTUK II

UITDAGING

Op een ochtend in het vroege voorjaar was Virginia, Armors dochter, op pad gegaan voor een ritje over de prairie. Het weer was prachtig, ze hadden vervelende dagen met water of snijdende wind gehad en toen de sfeer ging liggen en de slechte toestand ophield, werd de glorie van die lenteochtenden, zo gemist, uitgenodigd om te genieten van de sereniteit van het landschap en de aangename sfeer en strelen.

Toen hij op korte afstand van de ranch liep, schrapend over de omheining van enkele velden die erg stekelig begonnen te lijken, ontdekte hij twee ruiters die oprukten in de richting van de ranch. Ze reden allebei op twee prachtige kastanjepaarden, waarvoor ze een goede prijs moeten hebben betaald.

De jonge vrouw stopte even om te kijken in welke richting ze gingen, en toen ze dacht dat ze zich niet vergiste in haar voornemen om de ranch te bezoeken, ging ze naar voren om hen in te halen. Op dat moment herkende hij een van de renners.

Het was Alvin Sekely, een man van midden dertig, lang en soepel, knap, met een nogal knap gezicht en energieke, vastberaden manieren. Een man die leek te laten zien dat er maar weinig dingen in de wereld waren die hem tegen zouden staan als hij liep, als hij het rechte pad van een weg nam. En inderdaad, hij was een agressieve en niet te imponeren man, wiens leven een puur toeval was, die met vastberadenheid had weten te overwinnen.

Van eenvoudige landarbeider werd hij later cowboy. Hoewel hij als arbeider niets bijzonders was, leerde hij veel over vee en op een dag, toen hij iemand vond die bereid was een bepaald bedrag in de veehandel te besteden, verhuisde hij naar Oklahoma en wijdde hij zich aan het runnen van vee door de steden van de staat, waar de mogelijkheid om vers vee te krijgen dat hem van vlees voorzag, nog niet bestond.

En hij organiseerde een route, die hij later uitbreidde naar meerdere. Zo kocht hij meerdere keren per jaar "minstens één keer per maand" een paar honderd stieren en nam ze tijdens het rijden mee langs de reeds uitgestippelde routes en vertrok hij, één voor één, of in meer hoeveelheid, afhankelijk van het belang van elke stad, de hoorns die het leidde, totdat ze allemaal op hun plaats waren.

Na deze expeditie begon hij een andere via verschillende routes, en zo ontwikkelde hij een bedrijf dat hem regelmatig winst opleverde.

Alvin was een overeenkomst aangegaan met Armor om een deel van deze runderen te kopen, die hij in de detailhandel verkocht, maar hij had hem een goede deal bezorgd.

Alvin kwam elke twee of drie maanden op de ranch. Hij koos honderd runderen, stuurde later de pioenen in zijn dienst om ze te zoeken en verdween om terug te keren wanneer hij nieuwe aanwinsten nodig had.

Hieraan kende Virginia hem en daarom was hij nauwelijks ver genoeg, ze herkende hem. Aan de andere kant was ze er zeker van dat ze nooit de ruiter had gezien die Alvin vergezelde, een man van ongeveer veertig, goed gekleed, met een aantrekkelijk en intelligent gezicht, die vanuit de competitie aan de kaak stelde dat hij een man van uitstekende positie en meer gewend was om te gaan met mensen van viso, dan met ondergeschikte elementen.

Maar wat Virginia het meest opviel, was de outfit van Alvin, zo anders dan wat ze altijd droegen, dat de opmerkelijke verandering niet over het hoofd kon worden gezien. In de regel kleedde Alvin zich min of meer als een ietwat zelfvoldane ranchvoorman. Het was een cowboyoutfit die paste bij het bedrijf dat hij leidde, maar omdat het meer was dan een eenvoudige arbeider, viel zijn kleding op door de beste kwaliteit en de beste zorg.

Maar deze keer waren die overblijfselen van een man van de veeboerderij verdwenen. Hij droeg een elegant pak, waarvan de kleur harmonieerde met het paard waarop hij reed. Zijn hemd was niet langer van geruit flanel, maar van wit zijde, met een plafond onder de nek over de borst, en zijn laarzen, die waren voorzien van glimmende zilveren sporen, waren van glanzend lakleer.

Zijn gebloemde vest, van zak tot zak, droeg een dikke gouden ketting, met een hoefijzervormige hanger en zelfs aan de ringvinger van zijn linkerhand toonde hij een gouden ring, met een prachtige diamant, hoewel de grootte niet overdreven was. .

Alvin, die Virginia herkende, nam zijn hoed af, nu zwart, met een ronde bovenkant en niet de gebruikelijke voor cowboys en bracht het paard naar haar toe, haar begroetend met een opgewekte glimlach:

'Wat een genoegen u te ontmoeten, juffrouw Virginia!

'Hier hetzelfde, meneer Sekely. We hadden hem hier al zeker vier maanden niet gezien. Onlangs maakte hij mijn vader op de hoogte.

“Inderdaad, ik heb het in die tijd erg druk gehad en het was voor mij niet mogelijk om hier te komen, maar zodat je kunt zien dat ik je niet ben vergeten, hier ben ik.

"Ik vier het.

'Nou, laat me je voorstellen: deze heer die mij vergezelt, is meneer Kaplan, een groot ingenieur en een man die de gruwelen van zijn vak kent. Meneer Kaplan, dit is Miss Virginia Fuchs: dochter van mijn vriend Rancher Armor Fuchs, die we kwamen bezoeken.

Kapan stak zijn hand uit naar de jonge vrouw en zei:

'Ik kan je verzekeren dat ik niet lieg of valse vleierij zeg, als ik beweer dat ik een waar genoegen heb gehad haar te ontmoeten.

'Dank u, meneer, u bent heel dapper.

Alvin kwam enthousiast tussenbeide.

"Geen dapperheid; Meneer Kaplan heeft een grote waarheid gesproken. Vertel me, Virginia, wat doe je dat elke keer als ik hier kom, ik je mooier vind, iets dat onmogelijk lijkt te overwinnen?

Zij antwoordde lachend:

"Het zal zijn dat ik met mooi weer vaker mijn gezicht was.

"Zeer sierlijke uitgang, maar je moet het op zijn minst wassen met het water van schoonheid.

'Natuurlijk wel, meneer Sekely. Ik heb zelf een veer en bewaak die angstvallig zodat niemand anders dan ik hem zal gebruiken. Het was een geluk om het te vinden.

"Zeg dat niet. Ik denk dat het tegenovergestelde het geval is en dat het het water is dat de essentie van schoonheid verkrijgt als je je ermee wast.

"Heel mooi. Waar heb je zoveel dapperheid geleerd en waarom heb je het zo verborgen gehouden?

'Het penseel met mensen met een hoge positie, Virginia.

"Hmm ...! Ik zie dat je je gebruikelijke kleding hebt verwisseld voor die elegante. Of gaat het naar een bruiloft?

"Wat zou ik nog meer willen dan naar een bruiloft gaan, maar slechts één.

"Wat als het geen nieuwsgierigheid is?

'Op een plek waar jij de bruid was en ik de gelukkige sterveling tegen wie je 'ja' zou zeggen.

'Bravo. Dat is de finishing touch van je verkering.

"Ik zeg hoe ik me voel.

'Nou, hou op met me voor de gek te houden. Hij heeft de vraag niet beantwoord, omdat ik denk dat deze kleding niet het meest geschikt is om tussen vee te wandelen.

"O, natuurlijk niet! Ik ga het niet vies maken door tegen iemands huid te borstelen.

'Dus... waar komt hij voor?

'Ik wil met je vader over zaken praten. Is hij op de boerderij?

"Nou, ik weet het niet. Ik ben daar bijna twee uur geleden vertrokken en ik heb geen idee waar het zou kunnen zijn.

'Ik wil je graag zien, Virginia. De zaak is voor ons allebei erg belangrijk.

'Nou, laten we naar de ranch gaan; Als hij er niet is, zal ik hem naar de weiden sturen om hem te zoeken.

"Bedankt. Je bent altijd even aardig als schattig.

Ze wilde niet reageren op het compliment. Hij hield er niet zo van om haar te vleien.

Toen ze bij de ranch aankwamen, vertelde de arbeider die de tuin bewaakte dat de rancher net naar zijn kantoor was gekomen.

'Ik ben blij, want op die manier verliezen we geen tijd,' zei Alvin. Wil je reclame voor ons maken, Virginia?

Ze haalde haar schouders op. Twee of drie keer had Alvin, ondanks zijn dapperheid, haar een naam gegeven met een bekendheid waar hij geen recht op had. Hun relaties waren altijd oppervlakkig geweest en hij hield er niet van als niemand vrijheden nam waar hij geen recht op had.

Hij klom voor hen uit, stopte bij de deur van het kantoor, opende die en keek naar binnen. Toen de boer hem zag, riep hij uit:

"Hallo, dochter, wil je iets?

'Ja, pap, om aan te kondigen dat meneer Sekely hier is met een vriend en je wil spreken.

'Goed, laat het gebeuren.

Ze draaide zich om en merkte het woord op en zei:

'U kunt binnenkomen, meneer Sekely.

Dank je Virginia.

'Juffrouw Virginia... tot nu toe.

"Oh, neem me niet kwalijk!" antwoordde hij, een beetje afgesneden Alvin. "Ik dacht vriendschap... Excuseer me nog eens.

En een beetje geschokt door de aandacht die de jonge vrouw in zijn oren had getrild, ging hij naar het kantoor.

De rancher, die hem zo elegant gekleed zag, opende zijn ogen van verbazing en na de begroeting zei hij:

'Duivel, Alvin, ik kende je niet van die elegante blik. De zaken lijken goed te gaan.

"IPhs! Die zaak interesseert me niet meer.

"Dat... welke?

'Die met het vee. Ik kan niet over hem klagen omdat ik een enigszins acceptabele winst heb gemaakt, maar er zijn dingen die achterhaald zijn en ik leef met de dynamiek van de tijd. Wie dat niet doet, raakt achterhaald en verliest zijn goede kansen.

"Aww! Ik wist niet... wat ben je nu aan het doen, Alvin?

"Ik ben een wildcatter geworden.

"Hoe eet je dat erbij? Ik heb er nog nooit van gehoord.

"Geen wonder, hier vastzittend en alleen aan uw vee geleverd, lijkt u ver van de realiteit van het leven te leven en een man zoals u, die arrestaties en moed toonde om hierheen te komen, het land te beperken en dit geweldige landgoed te bouwen en te onderhouden; Hij heeft meer dan genoeg voorwaarden om met weinig moeite miljonair te worden.

"Nu... Maar ik... streef niet naar miljoenen, en ik vind het ook niet leuk om meer moeite te doen dan die van mijn initiatief, dat zich aanpast aan mijn smaak en hobby's. Ik ben geboren als veeboer en ik wijd meer energie en genegenheid aan vee. Alles wat het vee me niet kan geven, wil ik niet ergens anders.

'Nou, ik hoop dat je jezelf snel overtuigt. Voor nu, excuseer me dat ik je voorstel. Dit is meneer Kaplan, een ingenieur in dienst van de Oklahoma Oil Company.

'Zo leuk u te ontmoeten, net als meneer Kaplan. De rest, als het naar olie ruikt, ben ik niet geïnteresseerd.

"Hij is een van de meest gerenommeerde geofysische ingenieurs in het bedrijf.

"Nog erger.

"Ik begrijp het niet, maar, nou, we zullen het verduidelijken. En aangezien je me vroeg wat die wildcatter betekent, ga ik het je uitleggen. Ik neem aan dat je niet zo onwetend bent dat je niet op de hoogte bent van de enorme revolutie die vindt plaats in de staat, met de ontdekking van olie.

"Nee, ik ben niet onwetend.

'Nou, het was een explosie waar niemand van kon dromen. Het leek alsof de ondergrond bereid was te barsten om de zeeën van olie eruit te gooien die niet meer in de ingewanden passen en er is geen plaats waar een gat wordt geopend, waar geen olie uit spuit.

»Er worden talloze bedrijven gevormd om de productie te kanaliseren en dat fortuin in zwart goud te verzamelen, zodat er geen enkele liter verloren gaat. Van de verschillende bedrijven die al in bedrijf zijn, is degene die ik heb genoemd de sterkste, de meest georganiseerde en degene met de meeste operationele elementen. Maar op dit moment voelt ze zich overweldigd door de enorme toestroom van putten en kan ze zich niet wijden aan het openen van nieuwe, met het tijdverlies dat kan betekenen dat ze moet worden geraakt.

»Maar aangezien het niet gaat om het verliezen van veel en zeer goede kansen om ze aan anderen over te laten, hebben ze vele kilometers land verhuurd rond de plaatsen waar olie is ontsproten en in andere waar hun ingenieurs het terrein hebben bestudeerd en geloven dat er koepels zijn verborgen met grote hoeveelheden nafta en de vraag is om het te onthullen.

»Dit is het werk van wildcatters. Ze noemen ons zo, omdat ze denken dat we olie ontdekken door intuïtie.

"Ik loop bijvoorbeeld een beperkt gebied rond en wijs een plek aan en zeg: 'Hier moet olie zijn', en ik graaf bescheiden een gat in mijn eentje, maar natuurlijk op bedrijfsterrein en daarvoor. Ik gebruik een bepaalde tijd en een bepaalde baan, die ik zelf betaal. Als ik faal, omdat er geen olie is, of omdat ik te diep zit en ik er met zulke slechte boormiddelen niet bij kan, geeft het bedrijf me een vergoeding om een deel van de kosten die ik heb gemaakt en dan begin ik opnieuw op een andere site. Hoe zit het met olie en heb ik het goed gedaan? Dan kent het bedrijf me een deel van de winst toe die is gerapporteerd door de door mij ontdekte put, en als ik dat niet wil en we komen tot een akkoord, het geeft me een totaalbedrag en ik zie af van de winst.

»Omdat ik een vastberaden man ben en graag het risico neem om te winnen, gaf ik, zodra deze uitbuitingswijze begon, de voortzetting van de veehandel op en zette ik mijn spaargeld in het graven van putten op die manier. Ik heb alles kunnen verliezen en ik heb veel kunnen winnen.

»Tot nu toe kan ik niet klagen, want ik heb niet verloren, en hoewel ik geen miljonair ben geworden, heb ik geluk gehad met verschillende ontdekkingen en heb ik een bedrag verzameld dat voor een ander fantastisch zou lijken, maar dat me niet langer verleidt, omdat ik de ambitie heb om veel meer te verdienen.

»Het bewijs is, je ziet het al. Nu kleed ik me goed, ik heb een goed paard gekocht, een mooie ring, en ik heb verschillende ingehuurde mannen die wat dat betreft voor mij werken. Het ding is goed opgeblazen en ik ben zeer tevreden.

"Heel goed", antwoordde Armor, die misselijk was van alles wat er over olie werd gesproken "en ik veronderstel dat zijn bezoek te wijten is aan het besef van zijn geluk en dat ik niet op zijn vee-aankopen moet rekenen voor de toekomst: ik waardeer het Omdat nu de bestellingen zijn, als gevolg van de toename van de bevolking, groter en zo zal ik anderen kunnen dienen die mij aansporen om hen van meer vee te voorzien.

Alvin glimlachte meelevend en antwoordde:

“Nee, daar ben ik niet voor gekomen. Eigenlijk denk ik dat je je weinig om de rundvleeshandel had moeten geven.

"Om welke reden als het van mij is?

“Omdat er anderen zijn die productiever zijn en zelfs meer als je het aantal kilometers land bezit dat je bezit.

"Wat betekent het? Ik begrijp je niet.

'Alleen dat ik gekomen ben om een veel productiever bedrijf voor te stellen dan vee.

"Welke?

"Die met olie.

'Het lijkt me dat je met mij verward bent.

"Waarom? Is het een slechte deal?

'Ik weet het niet, maar voor mij, alsof het zo was. Gelukkig is de olie hier tot nu toe niet verschenen en kan het beter niet verschijnen, want ... er kan veel gebeuren.

'Kom op, meneer Fuchs, zeg zulke dingen niet. Weet je hoe het is om in één maand te kunnen verdienen wat je in meerdere jaren niet zou verdienen, ondanks wat je ranch waard is?

"Het is hetzelfde, ik ben niet ambitieus en vooral; zelfs als het zo was. Ik wil geld verdienen met wat ik doe, met wat ik begrijp en leuk vind, niet met die walgelijke dingen.

"Geld heeft geen smaak of geur.

"Voor wie er zo over denkt.

Kom op, meneer Fuchs. Zeg dat niet; Ik ben er zeker van dat u hier, binnen de grenzen van uw vermogen, vele duizenden dollars heeft.

'Heeft het je op je neus geslagen? Daar glimlach ik een beetje intuïtie voor.

"Het is geen intuïtie, maar zekerheid en daarom ben ik naar je toe gekomen. Ik hoop dat u uzelf ervan overtuigt dat het een goede deal is en dat we tot een akkoord komen.

»Het is waar dat de olie nog niet zo ver is gekomen, maar het zal komen, denk het niet en juist omdat deze landen nog vrij van exploratie waren, had ik, hoewel jij het vanuit mijn intuïtie zou zijn, het vermoeden dat er zou hier nog onontdekte olie kunnen zijn. Dit zou, voor de eerste die het naar voren zou brengen, een geweldige zaak zijn en toen sprak ik met enkele leden van mijn bedrijf en vroeg hen om mij een ingenieur te lenen om studies op deze gebieden te doen, en hoewel de studies niet zijn gedaan diepgaand, omdat daarvoor een zeer omvangrijk en kostbaar materiaal nodig is, zijn de aanwijzingen dat er op deze plaatsen olie aanwezig is.

En als dat zo is, is de kans het grootst dat jij, die de grootste hoeveelheid land hebt, van de ene op de andere dag wordt gezien met de opkomst van een paar putten, die in tien jaar meer dan twintig van dit soort boerderijen zouden opleveren. We zouden allemaal winnen, en het bedrijf waar ik voor werk zou zich haasten om al zijn economische macht in dienst te stellen van uitbuiting. Denk er eens over na, meneer Fuchs, want het voorstel is verleidelijk.

"Zelfs als dat al het goud waard zou zijn dat in de Nationale Bank staat, zou ik het niet accepteren. Alleen ik weet hoeveel genegenheid ik heb voor deze weiden, waar ik voor gevochten heb om ze te zien bloeien zoals ze zijn en om mijn dikke en glanzende vee te zien. Ik weet alleen wat dit landschap waard is als een geschenk voor de ogen en de waarde van zijn sereniteit. Ik zou sterven op de dag dat ik dit gras zag groeien dat groeide terwijl mijn zweet verdorde en me zag gewikkeld in die misselijkmakende geur die me misselijk maakt als ik eraan denk. Ik verdien genoeg met wat ik heb, en meer wil ik niet.

Alvin, geïrriteerd, antwoordde:

"En denk je dat omdat je daarin volhardt, je gaat vermijden wat onherstelbaar is? Je waardeert niet wat ik je ben komen voorstellen, want wat ik met je heb gedaan, kan ik met elke andere kolonist of veeboer doen in de buurt, en de olie zou op dezelfde manier stromen en de effecten voor u zouden hetzelfde zijn, maar zonder voordeel.

"Geloof je? Nou, probeer te zien of je meer geluk hebt met een buurman dan met mij.

"Daagt het me uit? Denk je dat iedereen zal denken zoals jij als ze zien dat ze binnen een paar weken hun fortuin kunnen verdienen?

"Ik zeg hem dat hij moet proberen of hij met mij kan bereiken wat hij niet kan. Ik wil niets weten over olie, ik wil niet dat iemand op mijn land rondhangt en zijn neus op hem smeert als hij naar dat verdomde parfum ruikt, want de eerste die ik zie die daaraan is gewijd, ik laat hem genageld achter door geweerschoten .

Alvin verstijfde. Hij was er zeker van zijn succes naartoe gegaan, had een ingenieur bij zich gehad zodat hij met zijn onderzoek kon beginnen en had de meest klinkende klap gekregen die op hem kon worden toegepast.

Hij vond zichzelf belachelijk vanwege die houding en riep scherp uit:

"Het is oké. Als het een uitdaging is, ga ik die aan en zal ik mijn best doen om olie in dit gebied te vinden. Ik heb je iets aangeboden dat velen zouden willen, en je hebt me met een uitbarsting geantwoord. Als je olie ziet geboren worden aan de rand van je weiland, dan denk je daar misschien anders over.

"De dag dat ik zie (als ik het zie en jij ook), zal er samen met mijn ouders olie naar boven komen en word ik bedreigd met een poging tot ondergang ..., het lijkt me dat iemand spijt zal hebben dat hij eraan heeft gedacht te komen kijken voor het hier. dat hij in minder gevaarlijke plaatsen kon zoeken. Ik zal verdedigen wat van mij is zoals de dappersten het zouden verdedigen, en neem hier nota van, Alvin, omdat het je interesseert. Als er zoveel olie is in Oklahoma, zoek elders naar nieuwe bronnen en kom de mijne niet onnodig bedreigen, want dat tolereer ik niet.

"Goed. Ik ga het niet zoeken op uw eigendom, omdat ik het niet kan, maar er is geen wet die mij verbiedt om het op andere nabijgelegen plaatsen te zoeken. Er zal hier geen andere kolonist of boer zijn gebied die blij zullen zijn met mijn voorstel.Je hebt me een kwestie van eigenliefde laten overwegen om je hier te zoeken, en aangezien ik een man ben die nooit terugdeinst als hij ergens voor wordt uitgedaagd, zal ik naar je zoeken en ... Ik zal je vinden.

"Nou, ga je gang; ik ben benieuwd wie, uit deze hele regio, degene zal zijn die zijn voorstel accepteert. Ik ben bang dat je daar teveel illusies over hebt.

'De tijd zal het leren, meneer Fuchs, en aangezien alles waarmee we te maken hebben gehad is gedekt, verlaat ik u.

"Je doet het goed, want het is beter voor iedereen.

"Wie weet voor wie het het beste is. Tot we elkaar weer ontmoeten, Mr Fuchs...

'Tot we elkaar weer ontmoeten... maar niet hier, Alvin.

"De plaats is hetzelfde voor mij, als het niet hier is, zal het heel dichtbij zijn.

Stijf verliet hij het kantoor zonder afscheid te nemen, gevolgd door Kaplan, de ingenieur, die helemaal niet betrokken was geweest bij de bittere discussie. Zijn missie was om het land te bestuderen waar hij werd bevolen, en de rest ging hem niet aan. Maar hij was niet erg blij met het interview. Hij had geraden dat de boer een zeer ruwe man was en hij voorzag dat als er olie in de buurt zou morsen en zijn weiden zou beschadigen, er oorlog zou komen en die zou duren.

HOOFDSTUK III

VERSCHRIKKELIJKE RAPPORTEN

Virginia was in de tuin de eenden aan het voeren, die majestueus op het stenen bassin aan het zwemmen waren, toen Alvin en de ingenieur op de veranda kwamen. De jonge vrouw was nieuwsgierig om te weten waar de smokkelaar heen was gegaan, aangezien ze vermoedde dat zijn bezoek niets met vee te maken had.

Daarom vroeg hij, toen ze naar het hek liepen:

'Ga je nu weg, meneer Sekely?

'Ja...' juffrouw Virginia. Is dat niet hoe je graag genoemd wordt?

"Nou ja, ik vind dat ik er recht op heb.

'Omdat ik het precies ben?

"Om jou te zijn en om iemand te zijn. Er is geen motief of intieme relatie voor iets anders.

'Natuurlijk, vooral als je de dochter bent van een machtige boer, en ik ben... of was een vulgaire en arme veehandelaar.

"En dat heeft ermee te maken?

"Veel. Klassetrots gaat naar het hoofd van velen en velen, vergetend dat een groot deel uit lagere lagen kwam. U weet echter misschien niet dat ook ik mijn fortuin heb veranderd zoals uw vader veranderde toen hij hier kwam, en dat over een tijdje zal ik zoveel geld verdienen dat ik de president zelf kan bellen.

'Dat is geen kwestie van fortuin, meneer Sekely..., het is een kwestie van opvoeding en delicatesse, en dat... wordt niet met geld gekocht.

"Misschien; Maar domheid kan soms met geld worden gekocht, en zijn vader nam alles wat in Oklahoma was. Ik kwam als een vriend om een bedrijf voor te stellen waar velen jaloers op zouden zijn en hij antwoordde me met een soevereine trap.

Weet je zeker dat hij je niet beantwoordde in overeenstemming met wat je verdiende? Mijn vader weet hoe hij mensen moet behandelen volgens wat iedereen verdient.

'En je bent op dezelfde school opgeleid.

'Ik ben niet voor niets zijn dochter.

"Welnu, maak je klaar om meer over mij te weten zoals je vader zal weten, zodat je leert hoe je gunsten terug kunt geven en geen domme bedreigingen te lanceren alsof hij de enige man op aarde is en de andere gemene wormen die je kunt vernietigen met wij, de voet. Hij wil geen olie, dat is zwart en geel goud, hoewel hij het betwijfelt, maar hij zal olie hebben totdat de geur hem verstikt.

"Is dat wat het is? Als ik het wist, had ik je behoed voor die schop die zoveel pijn heeft gedaan ..., of ik zou het je tenminste hebben gegeven, die altijd zachter zou zijn geweest , zelfs als je denkt dat muilezels gevaarlijker zijn dan paarden Nee, mijn vader wil geen olie, en als het je een advies geeft, neem het dan: het is gevaarlijk om het voor zijn neus te houden voor het geval er vonken verschijnen en iemand wordt ermee verbrand.

'Dat gaan we zien, mevrouw Virginia.

'Dat gaan we 'horen', meneer Sekely, en ik heb het gevoel dat sommigen erg gestoord zullen worden door het lawaai.

Ze keerde haar de rug toe en liep naar de veranda, terwijl Alvin haar met opeengeklemde tanden volgde met zijn ogen en mompelde:

"Het lijkt mij dat jij ook de strijd aangaat. Ik kan niet tegen domme meiden van jouw kaliber en wie weet of je er meer spijt van krijgt dan ik.

Virginia, gespannen, ging na haar gespannen gesprek met Alvin naar het kantoor van haar vader. De rancher, bezeten van grenzeloze woede, liep als een gekooide leeuw door de nauwe omheining van het kantoor.

De jonge vrouw, die haar nervositeit besefte, riep uit:

'Rustig maar, vader; zo'n man verdient het niet om er lang over na te denken. Veel dingen zijn je naar het hoofd gestegen en je zult al snel beseffen dat het allemaal maar rook is.

'Weet je... weet je waarvoor hij is gekomen?

"Ja, ik heb een onaangenaam gesprek met hem gehad op het terras, en iets wat hij tegen me zei en... iets waar hij naar moest luisteren. Denk je dat het de moeite waard is om het belangrijk te maken?

'Ik weet niet wat ik je moet zeggen, Virginia. Ik zal er pas achter kunnen komen wanneer de degelijkheid van de overeenkomst die alle eigenaren van dit bassin hebben ondertekend op de proef wordt gesteld.

"Denk je dat iemand zijn inzet kan missen?

"Ik weet het niet; ik kan alleen maar bevestigen dat ik dat niet zal doen.

"Als de anderen vrijwillig hebben toegezegd...

'Je moet het menselijk hart en zijn zwakheden kennen, Virginia. Als het gevaar ver weg is, denken we allemaal dat we dapper genoeg zijn om het te overwinnen, maar als we het boven ons hebben, is de waarde meestal heel anders. Tot nu toe hebben ze, net als ik, de kwestie van olie geloofd, niet omdat het in hun eigendommen zou kunnen ontstaan, maar omdat het zou kunnen ontstaan in die van anderen en niet die van hen, wat volgens hen de echte schade zou zijn. Ik denk dat er maar weinig zijn die zoals ik, het land willen voor wat het op zich is en niet voor wat het kan verbergen onder de weiden of oren. Misschien zouden velen, als ze ervan verzekerd waren geweest dat ze olie onder hun voeten verstopten, de verbintenis niet hebben ondertekend; als ze dat deden, was het om te voorkomen dat anderen er rijk mee zouden worden en in plaats daarvan zouden ze het slachtoffer kunnen worden van de rijkdom van de buren.

"Ja, ik denk dat je gelijk hebt, maar als niemand zeker weet dat er olie onder hen zit, zullen ze het niet wagen hun toewijding te verraden en zichzelf bloot te stellen aan de eerste slachtoffers van deze verdomde affaire.

"Ik weet het niet; alles zal afhangen van hoe ze de strijd benaderen en of ze iemands zwakke punt zoeken. Hoe dan ook, speel niet met mij, het is gevaarlijk. Ik was de eerste die werd aangevallen in naam van allemaal, en de eerst het te hebben afgewezen, hoewel het voor mij niet moeilijk zou zijn geweest om ze een paar gaten te laten openen om te zien wat ze hebben gevonden.Als ik de afspraak heb nagekomen, laten de anderen me dan imiteren, of ik zweer bij god de afspraak nakomt, plaats ik de loop van mijn revolver boven zijn slaap.

'Pa, in godsnaam, raak niet opgewonden.

'Ik waarschuw mezelf, Virginia. Die vent Alvin is een giftige slang en gaat naar je spel zonder om anderen te geven. Het is heel comfortabel voor hem om een experiment uit te voeren in mijn weiden ... ze zijn enorm ... ergens waar hij het geluk zou kunnen hebben om olie te ontdekken als die bestaat en dan ... zou de verhuizing geweldig voor hem zijn. Gezien de grootte van mijn ranch, zouden een paar putten hem een grote winst opleveren; hij kon zijn land zelfs aan anderen verpachten; Dit zou ideaal voor hem zijn, want hoewel hij een handvol dollars zou hebben blootgelegd om een mond te openen, zou hij alleen zijn hand hoeven te openen om geld te ontvangen. De rest, werk, overstuur, ongemak, zelfs strijd, voor het bedrijf, voor mij en voor mijn buren. Hij zei tegen het bedrijf: daar is de olie, kom mijn geld, ik zou genoeg hebben.

"Wat als hij ongelijk heeft en dat is niet zo?

"Hij zal een beetje van wat het geluk in zijn zakken heeft gestopt uitgeven en het ergens anders zoeken.

"Dat wordt voor hem blootgelegd.

"Tot op zekere hoogte kunnen degenen die weinig hebben, weinig verliezen. Aan de andere kant verblindt arrogantie hem en het is genoeg geweest om hem een beetje tegen de haren in te strijken, zodat hij zich opkrult en zijn bedreigingen loslaat. Ik denk dat hij uit trots zal proberen wat hij uit egoïsme niet zou proberen, en hij heeft veel.

"Laten we erop vertrouwen dat anderen hun woord houden en hetzelfde antwoorden als jij.

"Dat is wat er nodig is, maar voor het geval dat, ik zal een hardnekkige waakzaamheid moeten bewaren en opnieuw dreigen met de zwakken van geheugen of arm van geest. Ik ben altijd bang geweest voor de invasie van olie, maar via de normale kanalen, door een reeks gebeurtenissen die het hier geleidelijk dichterbij zouden brengen, of misschien dat het niet zou aankomen, als ze tussen de dichtstbijzijnde plaatsen waar het momenteel bestaat en dit bekken, ze vond een leegte die hen ontmoedigde. oost verder te gaan. Wat ik nooit vermoedde, was dat de explosie op mij viel door indirect te schieten, precies op zoek naar mij als een doelwit. Verdomme de keer dat ik die man ontmoette!

'Laten we rustig afwachten, pap. Om je zenuwen te verliezen, zal er tijd zijn als de dingen een slechte wending nemen.

"Nee, want wat ik moet vermijden is juist dat, dat ze een slecht uiterlijk kunnen krijgen. Ik moet die vent voor zijn en ik zal het doen zonder tijd te verspillen.

En diezelfde ochtend bereidde de boer woedend zijn paard voor en bereidde zich voor om alle boeren en kolonisten in de omgeving te bezoeken, die hadden beloofd standvastig te blijven en geen faciliteiten te geven om die velden en die groene weiden om te vormen tot een zwarte hel van vuile olie, slechte geuren, verlatenheid en een kraamkamer van onbeschofte en strijdbare mannen, die de zware taak hebben gekregen om met zo'n misselijkmakend element om te gaan.

Toen ik door de groene zoetheid van het landschap liep onder de streling van de zon, toen ik in de verte de bewegende noot aanschouwde van het vee dat zachtjes door het gras bladerde, of de glorie van de korenaren die in zachte golven wiegen, gestreeld door de ochtendbries, voelde hij de woede van een uitbarstende vulkaan die zijn bloed ontbrandde, terwijl hij nadacht wat het zou betekenen om al die natuurlijke rijkdom vernietigd te zien, om het te veranderen in een bos van ruwe houten torens, oliestralen vermengd met aarde in de heldere sfeer en alles verandert in een smerig stinkend en verwoestend moeras.

Hij kon er niet mee instemmen, hij wilde er niet mee instemmen, en hij zou niet alleen de nalatenschap, maar ook zijn leven op het spel zetten. Als het in plaats van olie echt goud was geweest dat de aarde had omsloten, zou niets er toe hebben gedaan. Hun weiden en hun vee zouden niets hebben geleden, want rond hun eigendom zou de aarde opengaan totdat deze van deel tot deel was doorboord, omdat het goud niet bevlekte of verspreidde, noch de ingewanden van de aarde verwoestte en uitdroogde als een vloek van God . Het zou de natuurlijke moeilijkheden hebben gehad tegen de hebzucht van de goudzoekers, maar deze strijd zou hetzelfde hebben met de oliezoekers, naast de rest van de ongemakken.

De ochtend ging verloren met bezoeken. Keer op keer moest hij de gewelddadige discussie met de voormalige veehandelaar uitleggen, zijn dreigementen om hem zijn land niet te laten bederven en er het merk van onenigheid in te brengen, bedreigingen die hij van man tot man had opgepikt, om ze in stand te houden op het terrein dat Alvin zou willen overwegen.

En altijd waren zijn laatste zinnen hetzelfde:

"Niets geeft je het recht ervoor te zorgen dat hier olie is. Ik probeerde het op mijn kosten te bewijzen, om de anderen voor te zijn, maar ik weet zeker dat het allemaal een poging is om mijn geluk willekeurig te beproeven en niets meer. Nu, alleen om wraak te nemen voor mijn weigering, ben ik er zeker van dat hij zal proberen het onkruid onder iedereen te zaaien, verzekerend wat hij niet kan verzekeren, alleen om onze harmonie te verbreken. Ik hoop dat we allemaal onze belofte nakomen en dat niemand tot ernstige gevolgen leidt. We hebben de voor- en nadelen afgewogen voordat we ons engageren, en het woord van mensen moet boven alles worden gehouden.

Het was alles wat hij kon doen, en hoewel niemand hem durfde tegen te spreken, keerde hij terug met de angst dat Alvin genoeg vindingrijkheid had om rusteloosheid in de geest te veroorzaken en een ernstige splitsing te veroorzaken.

Het minste was dat iemand zou aarzelen en hem zou dwingen zijn belofte niet na te komen, waardoor hij een onderzoek zou kunnen uitvoeren, het tragische zou zijn als het onderzoek geluk had en de catastrofe zou veroorzaken, die hij zo hard probeerde te vermijden .

Uit de rapporten die hij had gekregen, werd olie veel centraler geëxploiteerd. Het was daar waar, voor het moment, de focus van de koorts werd geproduceerd en waar ze de klok rond vochten en werkten, om min of meer efficiënt aanwezig te zijn om te verzamelen wat ontspruit, alsof de hele aarde hol was en de olie worstelde om eruit te komen bij het eerste kleine gaatje dat er ondiep in opende.

Volgens enkele getuigen die een deel van het gebied hadden gereisd, ging veel van de gekiemde zaden verloren door gebrek aan geschikte plaatsen om het te bewaren totdat het kon worden verzameld.
Enorme stralen gutsten uit, die vervolgens uitstroomden als pestilentiële stromen, het land waar ze doorheen renden, verbrandden velden en weiden, gingen naburige velden binnen om de getroffenen te ruïneren en veroorzaakten conflicten en gevechten, die

zich in een andere zin dreigden voort te planten. , wat was de omgeving van San Francisco in het jaar 48.

Deze rapporten werden twee dagen later ontvangen, gecorrigeerd en aangevuld door een ooggetuige uit die hel.

Het was een neef van Armor, zoon van een zus van zijn schoonzus.

Joseff Fuchs, Armor's broer, was getrouwd met een Texaan genaamd Clara, die op haar beurt een zus had die weduwe was met een zoon genaamd Gleen.

De broers van Armor probeerden de weduwe vooruit te helpen totdat haar zoon haar kon helpen en degene die het meest aan deze hulp bijdroeg was Armor, aangezien hij beter af was.

Later, toen ze hoorde wie de jongen was en hoe slim en gewillig hij zich manifesteerde om zijn weg in het leven te vinden, besloot ze hem te helpen vooruit te komen en betaalde ze voor zijn studie aan McAlester, waar hij zo hard solliciteerde, dat hij naar gedwongen marsen ging. , waarmee hij zijn bekwaamheid en talent bewees, rondde hij zijn rechtenstudie af in de helft van de tijd die iemand anders voor zijn studie zou hebben gebruikt.

Armor was niet alleen gevleid door Gleens slimheid, maar ook door zijn zelfrespect voor het verkorten van afstanden en het zo snel mogelijk beëindigen van zijn carrière, omdat het zo min mogelijk belastend was voor degenen die hem hielpen, en aangezien hij ook een vechter was, wist hij beter dan waardering van iemand anders. capaciteiten van de jongen en zijn dappere geest om door te breken in het leven.

Elke zomer ging Gleen, na een kort bezoek aan haar moeder, op vakantie naar de Armor Ranch, waar ze hartelijk werd ontvangen. Armor was trots op Gleen, want wat de jongen ook was in het leven, hij beschouwde het als zijn werk, en ook omdat hij een uitstekende en dankbare jongeman was.

En het was precies Gleen die net op de ranch was verschenen in afwachting van haar vakantie.

Misschien door teveel studie en werk was hij een paar weken ziek geweest, verwijtend van de inspanning, en hadden de leraren hem een maand verlof gegeven om te herstellen. Ze wisten dat zijn studie zo gevorderd was, dat deze pauze geen invloed zou hebben, zodat hij op het moment van de examens zijn vakken haalde.

Armor was verrast door zijn onverwachte en vroegtijdige bezoek, maar het was genoeg voor hem om te zien dat de jongen veel was afgevallen en ingevallen ogen en scherpe wangen had, om te begrijpen hoeveel hij rust en frisse en verkwikkende lucht nodig had.

'Hoe gaat het met jou hier zo snel? "Ik vraag.

"Ze hebben me gedwongen mijn studie een maand op te schorten, oom", antwoordde hij. Ik was al een paar weken erg vermoeid en had veel hoofdpijn, en ze adviseerden een maand rust, en ik wilde mijn moeder niet rechtstreeks zien, om haar niet te verontrusten als ze me in deze toestand zou zien. Daarom ben ik hier gekomen.

"Je hebt het goed gedaan. Niemand dwingt je tenslotte om die inspanning te leveren. Je weet dat ik je met veel genegenheid help, want behalve dat ik weet dat je het waard bent, weet ik dat je geen ligstoel bent, maar een ijverige jongen die een man van je wil maken. Het maakt me niet uit dat het een jaar of zo duurt om je diploma af te maken, maar dat je het normaal afrondt.

"Ik heb weinig meer over, man. Ik heb elk jaar twee vakken gehaald en de volgende zal ik mijn diploma behalen. Ik wil het doen, me in de hoofdstad vestigen om te zien of ik geluk heb en ik neem mijn moeder aan mijn zijde en ik ben u zojuist tot last geweest. Het is jammer dat u op dit moment niet in staat bent om het uit te oefenen, omdat u geen idee heeft van de rechtszaken en gevechten die plaatsvinden vanwege die stomme oliestoot. Ik geloof dat als dit zo doorgaat, het nodig zal zijn verdronken personen te rekruteren in alle staten van de Unie, om ze naar Oklahoma te brengen.

'Het is jammer dat ze niet allemaal barsten en wegzinken in hun verdomde putten. Ik vind dat een hel.

'Je weet het niet echt, oom. Ik kwam van McAlester door het olieveld over de Muddy Boggy River en je hebt geen idee wat dat is. Alles wat mooi en aantrekkelijk was in het landschap is vergaan in immense zwarte moerassen, die stinken en je duizelig maken. Velden die op het punt stonden vrucht te dragen, zijn gevallen toen de grond doordrenkt was met olie en de oren vergiftigde. Veel weiden waar hij vee had, zijn verbrande grond geworden en hun eigenaren hebben met het vee moeten emigreren om ze te redden. Ik ken hevige gevechten tussen de gewonden en degenen die olie op hun land hebben gevonden, juist vanwege de schade die is aangericht aan degenen die ze niets te maken hebben met die putten.

De dorpen, ooit rustig, zijn losse gekkenhuizen geworden, avonturiers van over de hele wereld komen naar de geur van olie, sommigen om te werken, anderen om van te leven, hoe dan ook. Er is geen plek om te zijn, het leven is verschrikkelijk duur geworden en alles is schaars; alcohol is in opkomst en geweld heerst overal.

»De uitbuitende bedrijven proberen uit dit oliegebabbel te komen, er misbruik van te maken, maar de realiteit overweldigt hen. Mensen zijn zo dwaas dat ze geloven dat alles wordt opgelost door een gat te openen en een eindeloze stroom olie eruit te laten stromen, maar als ze het zien ontstaan, komen wanhoop en problemen. De rest hebben ze niet voorzien, ze hebben geen afzettingen waar ze het kunnen verzamelen, het ontsnapt overal nutteloos en veroorzaakt schade en verliezen op lange afstanden, ze zoeken koortsachtig naar een manier om het in te dammen door de aarde opnieuw te graven om lagunes te produceren die gevuld zijn voordat ze Open. Voor de rest kan ik je enkele dingen vertellen waarvan ik getuige ben geweest die je een idee zullen geven van wat die hel is.

»Om op de een of andere manier olie te verzamelen, zoeken ze naar schepen waar ze zich bevinden, wat voor soort ze ook zijn. Ik heb gezien dat een herberg werd beroofd en de wijnvaten werden omvergeworpen om er olie in te doen, ze gingen de huizen binnen, grijpen emmers en andere vaten voor hetzelfde doel, en elke plundering is een gevecht of een gevecht, soms met bloedvergieten.

»En hetzelfde gebeurt met voertuigen, van welke soort dan ook, omdat ze essentieel zijn om de olie te winnen en te transporteren naar waar het wordt geraffineerd, of om het af te leveren aan iedereen die het rauw koopt.

»Hij die de middelen heeft, betaalt de wagens voor de prijs die ze hem vragen, degene die niet meer heeft dan dat, een straal olie die eens opnieuw geboren wordt in de aarde bij gebrek aan middelen om het te verzamelen, worstelt om te grijpen ze van het schieten. De bedrijven die de inzameling beginnen te organiseren, brengen voertuigen mee, die soms op de paden worden beroofd door mensen die er geen hebben.

»Ik heb gezien hoe enkele karavanen van karren met containers komen, begeleid door mannen gewapend met geweren, die echte gevechten moeten leveren met degenen die op pad gaan om zulk kostbaar materiaal te grijpen, en ondanks de toestroom van avonturiers, is er niet genoeg mankracht om goed in de putten te werken.

»Ze bieden ze salarissen aan waar ze nooit van hebben gedroomd, hoewel het werk nergens mee wordt betaald, omdat het de meest pijnlijke en onbeschofte is die ik ooit heb gezien. Maar geld doet wonderen.

“Ze werken als ossen en dan, zodra ze betaald worden, gaan ze naar tavernes om de geur van alcoholische olie af te schudden en worden dronken en vechten en ze zijn als kuddes buffels die door de straten van de dorpen zwerven. Iets waardoor mijn haar overeind staat en waardoor ik dat meer dan snel heb opgegeven om me niet helemaal gek te voelen.

»Ik twijfel er niet aan dat dit alles een immense rijkdom zal zijn die grote voordelen zal opleveren en zeer nuttig zal zijn voor de economie van de natie, maar dergelijke winsten en voordelen kunnen worden vergeven voor het niet ondersteunen van deze schadelijke foto's en voor de schade die ze veroorzaken voor degenen die niets hebben. met olie te maken hebben, en ze willen er ook niets van weten, wat best veel is.

"Het is droevig en droevig om stil te staan bij wat er op dat gebied verloren is gegaan. Jij, die verliefd bent op het landschap, zijn weiden, boomgaarden en bloemen, je ziel zou overeind komen als je de kwelling zou ondergaan bij het aanschouwen van dergelijke schilderijen. Het is zoiets als het verlaten van een paradijs om plotseling in de ingewanden van een hel te belanden.

Armor, die met opeengeklemde tanden had geluisterd, zei doof:

'Je hebt gelijk, Glen; je hebt dat geschilderd zoals ik het me had voorgesteld zonder het te zien, en alleen al denkend dat het hier kan komen, voel ik me gek en wil ik een geweer pakken en beginnen te schieten met alles om me heen. Ik ben blij dat u een ooggetuige bent, want ik zal uw getuigenis nodig hebben, zodat u sommigen laat weten dat ze het nodig zullen hebben.

"Hier? Gelukkig heb je geluk dat dit ver weg is.

"Dat is wat je niet weet, Gleen. Ik heb je een paar dingen te vertellen over die kwestie, want ik heb het gevoel dat er behoorlijk tragische gebeurtenissen komen en het is goed om voorbereid te zijn om ze onder ogen te zien.

HOOFDSTUK IV

EEN VOORSTEL EN EEN STRIJD

Alvin ging met de ingenieur naar Wesley en vroeg om een kamer in de herberg.

Daar heerste de meest absolute rust en het leven bood geen zorgen of schokken.

Toen ze geïnstalleerd waren, ontmoetten ze elkaar in de kamer van Alvin en de ingenieur vroeg:

'Wat gaat u nu doen, meneer Sekely? Het bedrijf beval me om u te vergezellen omdat u hen had verzekerd dat er verificatiewerkzaamheden konden worden gestart op het weiland van die boer. Na de ontvangst die u ons hebt gegeven, denk ik niet dat ik hoop u te overtuigen om toestemming te geven.

"Ik weet het niet, maar hij heeft een uitdaging in mijn gezicht gegooid en die heb ik opgepakt. Ik zweer hem dat als de ondergrond van deze ruimte olie bevat, ik hem en zijn vee zal verdrinken met rivieren van benzine.

"Denk je dat het het waard is? Er zijn hier nog geen peilingen gedaan en het is niet bekend of het zal worden gevonden. Je loopt het gevaar hier te begraven wat je elders hebt verdiend, alleen voor de gril om met die man te vechten, die lijkt me te hard.Bedenk maar dat als je tenslotte faalt en geen sondes kunt starten of alleen droge gaten kunt openen, je veel zult worden uitgelachen.

"Het is een loterij waarin we allebei dezelfde kans hebben om te winnen of te verliezen. Als hij me anders had behandeld, zou hij misschien ontslag hebben genomen, maar hij is zo geweldig geweest dat hij zelfs durfde te zeggen dat ik hier niemand zal vinden die bereid is mijn geluk te beproeven. Er wordt aangenomen dat, omdat hij voor zijn weiden en vee zorgt en geld heeft om niet meer nodig te hebben, anderen de mogelijkheid zullen verachten om van de ene op de andere dag rijker te worden dan hij. Ik wil je laten zien dat je ongelijk hebt en ik zal het hierna proberen. Hier in de buurt zijn kleine kolonisten heel dicht bij hun land gevestigd. Ik zal het met iemand eens zijn, ik zal wat gaten in hun land openen en als er olie uitkomt ... wat ga ik lachen als het door de voren glijdt en in hun weiden komt, ze verschroeit en hun vee in skeletten laat veranderen!

De ingenieur antwoordde zacht:

"Als je daartoe bereid bent, kan ik het niet voorkomen, maar het lijkt me dat je het karakter en de agressiviteit van die man erg slecht hebt gewaardeerd. Ik denk dat u zeer goed betaald wordt van uw nalatenschap en als u die stap doet, ben ik bang dat er een verspilling van gesmolten lood zal zijn.

'Ik heb mijn aandeel op de revolvertrom.

'Heel goed, ga je gang. Wat ik u wel moet waarschuwen, is dat u me ofwel een manier geeft om mijn missie te vervullen, of ik keer terug naar McAlester om mezelf op bevel van de compagnie te plaatsen. Mijn aanwezigheid op andere sites kan nuttiger zijn.

"Heel goed. Rust voor vandaag en morgen zullen we zien wat er gedaan kan worden.

Alvin was vastbesloten om niet terug te trekken in zijn pogingen om de boer te bevechten en hem zo ver als hij kon in de aanval te verslaan, en daarom meldde hij, na de situatie van de eigenaren van het bassin te hebben bestudeerd, de namen van de twee kolonisten die het dichtst bij stonden. de weiden van Armor.

Met deze rapporten voerde hij een inspectie uit van beide eigendommen en koos hij voor Steve Evanston's, wiens land, gelegen op een lichte helling, het meest geschikt leek, want als hij een overeenkomst met hem bereikte en olie kreeg, was hij er zeker van dat de eerste duizenden liters die verloren waren gegaan totdat ze konden worden gebotteld, zouden langs de helling van het land naar beneden glijden totdat ze de Armor-herders binnengingen, precies op het middelste deel van het terrein.

Door deze mogelijkheid gloeiden Alvins agressieve zwarte ogen als sintels. Hij was gestoken door de hooghartigheid en bedreigingen van de boer en zelfs door de beledigende toon die zijn dochter tegen hem had gebruikt. Het zou hen doen begrijpen dat hij geen zachtmoedige vijand was, die gekrabd kon worden zonder met een stomp te reageren.

Steve was op zijn land aan het werk toen Alvin opdook. De kolonist bekeek hem verbaasd van top tot teen en vroeg zich af wie deze zelfvoldane kerel was.

"Wat wilde je?" vraag ik.

'Ik neem aan dat ik het genoegen heb met meneer Evanston te spreken.

'Inderdaad, ik ben Evanston.

"Zo leuk je te ontmoeten. Zou je een paar minuten op me kunnen letten?

"Waarom niet? Je zult zeggen wat je wilt.

"Nou, je zult zien; ik ben een lid van de hogere staf van de Oklahoma Oil Company, het sterkste bedrijf dat momenteel de grootste olieproductie controleert die uit de bodem van deze staat komt.

»Mijn bedrijf gaat zijn activiteiten uitbreiden naar verschillende plaatsen die nog niet zijn geëxploiteerd, en het dichtste dat moet worden geëxploiteerd, is precies dit gebied, want volgens studies die in het geheim zijn uitgevoerd door onze prestigieuze ingenieurs, is er absolute zekerheid dat in dit gebied bekken is er een enorme en rijke oliekoepel, wiens vermogen velen van de ene op de andere dag rijk te maken, die tegenwoordig, om eerlijk te leven, het hele jaar door buitensporig moeten werken en veel minder verdienen. Ik heb de opdracht gekregen van een van onze ingenieurs om het terrein te bestuderen en de site of sites voor te stellen waar je kunt doorgaan met het openen van de eerste verkenningsputten en aangezien ik een man ben die veel met armoede heeft geworsteld om mijn weg te vinden en geld te verdienen, In die zin ben ik geneigd de meest nederige te bevoordelen.

"Ik zou bijvoorbeeld kunnen beginnen met het voorstel te doen aan zijn buurman, de boer de heer Fuchs, om het werk op zijn land te starten; er is meer mogelijkheid tot exploratie, er zouden genoeg putten kunnen worden geboord en veranderd in een echte goudmijn op basis van de olie die het bevat, maar het is niet eerlijk om degene die het meest heeft te begunstigen, maar integendeel, om de zwaksten te helpen, want rijkdom moet eerst zichzelf verdelen en degenen helpen die het het meest nodig hebben.

"Hier in de buurt, zoals ik heb kunnen verifiëren, zijn er enkele kolonisten wiens eigendommen hen niet veel zouden opleveren, waaronder jij en ik heb besloten contact op te nemen met een van jullie om hen de kans te geven die ze verdienen, vanwege hun ijver en slechte prestaties in hun werk.

»Als het u uitkomt, bespreken we de voorwaarden om de scan te starten. Ik pacht je een stuk van je land en betaal je er meer voor dan je in een jaar kunt gebruiken. Als de poging bij toeval mislukte, had je niets verloren. Als je eenmaal hebt verzameld wat je zou kunnen krijgen van de exploitatie van het land en zelfs meer, zou de pachtovereenkomst worden opgezegd en zou je weer eigenaar zijn van je perceel en het blijven beplanten zoals je eerder hebt gedaan.

»U vertelt me het bedrag dat u schat dat ik u moet betalen en ik betaal het aan u. Afgezien daarvan zou de Compagnie, als er olie zou worden ontdekt, de exploitatie voor haar rekening nemen en twintig procent van de winst voor haar reserveren en als ze deze participatie niet wilde, zou er overeenstemming worden bereikt over de verwerving van haar land. Je zou in ieder geval een grote winst maken en als je niets over de olie wilde weten, met wat we je voor je perceel gaven, zou je nog eens tien keer meer kunnen verwerven, in Texas of waar je maar wilt.

»Dit voor uw grotere garantie, we kunnen het vertalen in een contract voor uw gemoedsrust en zodat u begrijpt dat we te goeder trouw handelen, aangezien het een bedrijf is waarmee we allemaal kunnen winnen.

De kolonist luisterde, zonder commentaar te geven, nerveus, ondanks alles wat met Armor en de rest van de aanwezigen was besproken, was het voorstel verleidelijk. Als er geen olie werd gevonden, omdat ze hem vooruit zouden betalen en in grotere bedragen wat hij verloor door het land niet te bewerken, zou hij niets verliezen, maar integendeel en als het waar was dat er olie ontstond, dan begon zijn fantasie te vliegen , het berekenen van de hoeveelheid duizenden dollars die het zou opleveren.

Maar angstig merkte hij op:

"Zegt u dat er zekerheid is dat er olie in dit gebied is?

'Natuurlijk. Zo niet, waarom zouden we dan ons werk en ons geld riskeren om nutteloze putten te graven? U begrijpt dat dat dom zou zijn, er zijn gebieden waar nog veel te exploiteren is.

"Ja, maar het feit dat er hier olie is, betekent niet dat het precies onder mijn velden is en dat het precies op het stuk land zal opspringen dat je hakt om het te zoeken.

"Als bekend is dat olie bestaat en vooral in hoeveelheid, is het bijna zeker dat het zal ontkiemen waar het eerst wordt voorzien van een mond van expansie. Als er bijvoorbeeld achter die lange oever een watertank verborgen was, wat zou het dan doen om een gat in het deel daar te openen dan in het deel hier, zodat de bron tevoorschijn komt? Het water zou stromen waar de uitlaat was voorzien.

' 'Ja, daar heb je gelijk in.

"Omdat je het begrepen hebt, kunnen we de huurovereenkomst bespreken om onmiddellijk te beginnen.

De kolonist, die stikte toen hij sprak, omdat zijn egoïsme zojuist goed was aangewakkerd door Alvins verblindende beloften, zei hees:

'Ik begrijp dat wat u voorstelt zeer voordelig is, maar ik merk dat ik aan handen en voeten gebonden ben om het te accepteren.

"Waarom?

"Omdat ik, evenals alle grote en kleine eigenaren van dit bekken, een document heb ondertekend waarin we beloven geen enkele verkenning op ons land toe te staan.

"Hé, wat zeg je?

"Zo is het. Mr. Fuchs bracht ons samen, liet ons de gevaren zien van de oliekwestie en de schade die het voor sommigen zou kunnen veroorzaken, hoewel het anderen ten goede kwam, omdat we niet allemaal het geluk zouden hebben om olie op onze grond hebben gevonden en we hebben een document ondertekend waarin we onszelf verplichten het land niet op te geven voor dergelijke tests, en zelfs om wederzijds te verdedigen dat niemand het land is komen veranderen in een modderige en vernietigende poel van waar we zo hard voor hebben gewerkt floreren.

Alvin beet op zijn lip bij de uitleg van de kolonist, en nu herinnerde hij zich waarom Fuchs hem had uitgedaagd om zijn geluk te beproeven met een andere bekkeneigenaar. Hij had ze allemaal stevig vastgebonden en dit was wat hij geloofde dat zijn kracht was.

En woedend merkte hij op:

'En ben je zo dom of zo naïef geweest dat je die belofte hebt ondertekend?

"Je hebt gelijk; de situatie was in zulke sombere kleuren geschilderd dat we dachten dat we voor het minste kwaad kozen.

“Bij alle heiligen! Hoe die gier zijn openhartigheid heeft misbruikt, meneer Evanston. Het is hetzelfde geweest alsof een rijke man wist dat er achter een rots een schat was en zodat anderen er geen misbruik van zouden maken, hij zei tegen hen: bijt niet en zoek hem niet, want de steen kan op hen vallen. Wat kan het hem schelen dat je uit je bijna armoede komt, als hij genoeg geld heeft om mooi te leven? Wat hij wil is dat niemand zijn eigen bedreigt en rustig leeft met wat hij heeft, zonder verdere complicaties. Dat kan niet en moet je corrigeren.

"Het is niet mogelijk; we zijn toegewijd aan ons bedrijf. Als een van ons dat niet doet, hebben de anderen het recht om in te grijpen om te voorkomen dat we het pact breken. Voor mij zou het een verbintenis zijn voor anderen om op mij te springen, en mijn eigendom binnendringen, waardoor ik niet alleen mijn fortuin beproef, maar me zelfs schade toebrengt in wat dit me momenteel veroorzaakt.

'En denk je dat iedereen denkt zoals jij?

“Niet dat ik er zo over denk. Het is dat ik me daaraan heb gecommitteerd en dat ik verplicht ben daaraan te voldoen.

“Wat zou er gebeuren als iemand die minder scrupuleus of minder angstig is dan jij de dingen anders zou zien en dat pact zou verzaken? U kunt terugtrekken en in dat geval zou u hebben verloren wat een ander kan winnen.

“Het is mogelijk, maar zonder garanties kan ik mezelf niet blootstellen aan het feit dat er geen olie op mijn land is en ook niet aan de represailles van mijn collega's voor het niet nakomen van de overeenkomst. U zegt dat u dit niet aan de heer Fuchs wilde voorstellen. Waarom?

“Ik zeg het je al; omdat zij het minst hulp verdienen.

'En toch, voordat je kwam, was je hier om me te waarschuwen dat ik een bezoek zou krijgen van iemand om mij dit voorstel te doen omdat hij het had afgewezen. Aangezien dit het geval is en hem een voorbeeld van formaliteit geeft, zijn de rest van ons verplicht hem te imiteren.

"Waar ben je mee gekomen om dat te zeggen? Fuchs is een leugenaar en wat er gebeurt is dat hij boos op me is om bepaalde zaken en bang is voor represailles die ik met hem kan nemen. Ik herhaal dat hij een leugenaar is en dat ik .. .

Alvin maakte de zin niet af. Achter hem was een jonge jongen verschenen, lang, flexibel, knap en netjes gekleed, die met een koud accent vroeg:

'Over wie hadden het, heren?

Alvin draaide zich snel om en keek naar de jonge man. Hij kende hem niet en hield er niet van dat een indringer zich met zijn zaken bemoeide.

'Is het iets dat je interesseert, vriend?

'Ik weet het niet, het hangt ervan af met wie je praat.

'Dat is iets dat u niet kan schelen, want het zijn zaken tussen meneer Evanston en mij.

"Heel goed, maar er is sprake van een derde partij en er worden sterke uitspraken over hem gedaan, wil je die herhalen?

Alvin reageerde boos:

'En waarom niet? Ik zei dat meneer Fuchs me om bepaalde redenen haat en dit heeft hem ertoe gebracht te liegen, door te zeggen dat ik hem eerder dan iemand anders had voorgesteld om naar olie op zijn land te zoeken.

Gleens fijne maar energieke hand greep snel de revers van Alvins goed gesneden jasje en het tegenovergestelde viel brutaal op zijn mond, terwijl de jongeman met een snijdend accent brulde:

'Herhaal dat als je nog een keer durft, jij varkensleugenaar.

Alvin, geconfronteerd met de onverwachte agressie, probeerde de druk van die ijzeren hand van zich af te schudden, terwijl hij probeerde de klap terug te geven aan de gegooide jongen, maar deze, die moet hebben geleerd op de school waar hij elementen van boksen studeerde, ontweek met een grappige beweging de directe die Alvin hem stuurde en hij antwoordde met een andere naar het rechteroog, waarbij hij een paarse rozet ophief met verwelkende zwelling van het geraakte deel.

Alvin bewoog zich en reikte nu naar zijn zijde naar de revolver, maar Gleen liet hem niet toe. Sneller dan hij rukte hij met het pistool aan de holster, gooide het weg en brulde:

"De mannen die veronderstellen te zijn, tonen het door te vechten met hun natuurlijke wapens. Kom op, verdedig jezelf, ik ga je een pak slaag geven dat ik de wens zal wegnemen om terug te keren naar leugens zoals degene die ik heb gehoord.

Alvin, blind van woede door de ontvangen klappen en de spot die hij rende, probeerde zich te ontdoen van zijn rivaal, die gevaarlijker bleek te zijn dan hij op het eerste gezicht leek, en lanceerde zich blindelings op hem, maar behendige Gleen, domineerde de situatie , sereen en zonder zenuwen, ontweek hij op elegante wijze alle ruwe aanvalspogingen van zijn vijand en met zijn prachtige hekwerk als puncher, profiteerde hij van alle kansen die zijn tegenstander hem bood, om slagen en slagen toe te passen die de voormalige mensenhandelaar demoraliseerden en brak zijn kracht totdat hun energie is uitgeput.

Hij spuwde bloed uit zijn mond en neus, beschuldigde de paarse vlekken van de harde knokkels van zijn tegenstander, snoof van angst

en stootte een onverstaanbaar gegrom uit telkens wanneer pijn zijn
vlees schudde. Hij kreeg een verschrikkelijk pak slaag en keek amper
twee of drie keer naar zijn tegenstander.

Tot hij een stomp in de borst kreeg, viel hij op de grond, waar hij naar
adem snakte, alsof de lucht dodelijk uit zijn longen ontbrak.

De kolonist, een beetje bleek, woonde het gevecht bij zonder
tussenbeide te komen. Ik was onder de indruk van Gleens kracht,
die hem waarschuwde dat als hij zijn verplichtingen niet nakwam, hij
zou kunnen worden blootgesteld aan iets soortgelijks.

Gleen, die zag dat de voormalige mensenhandelaar bijna vernietigd
was, keek hem angstig over de grond rollend en waarschuwde:

"Dit is een eerste bericht dat u ontvangt. Als je me niet kent, zal ik je
zeggen dat ik de neef van meneer Fuchs ben en dat ik alles weet. U
bent bij mijn oom geweest om hetzelfde voorstel voor te stellen dat hij
hier komt voorstellen en u bent woedend toen hij weigerde en hem
vertelde dat niemand hun land zou openen, zelfs als ze de waarde van
de Nationale Bank in olie zouden opsluiten .

"Je dreigde het ergens anders te proberen en hij zei dat je het moest
proberen en kijken of je het kon.

Ik zou nergens in zijn geraakt als ik hem niet zo flagrant onoprecht
had gehoord. U bent met bedrog naar deze landen gekomen, waar ze
al gewaarschuwd waren voor uw mogelijke aanwezigheid, maar door
uw gebrek aan scrupules moest ik ingrijpen. Ik vraag me af welke
garanties deze kolonisten zouden hebben als ze zich zouden laten
verleiden door hun sirenenliedjes en hun voorstellen zouden
accepteren. De man die zo gemeen is dat hij een beroep doet op
bedrog om te bereiken wat hij wil bereiken, bedriegt zelfs zijn
schaduw in alle aspecten van het leven.

»En nu is het beter als hij hier verdwijnt als hij niet wil dat er grotere
dingen gebeuren. Het hele bassin heeft beloofd om geen putten te
laten graven op hun eigendommen en ze zullen hun woord eren, of

krijgen wat ze verdienen vanwege hun gebrek aan ernst. U bent gewaarschuwd.

Hij deed een paar stappen naar voren, pakte Alvins revolver, schoot die af en wierp hem voor zijn voeten. Toen voegde hij eraan toe:

'Als je me de volgende keer tegen het lijf loopt, als je erop staat hier te blijven, neem dan niet van plan dit ding er weer uit te halen, want je hand kan er gemakkelijk aan blijven plakken en je zult het nooit meer kunnen gebruiken. Ik adviseer je echt dat ik weet hoe ik met een veulen moet omgaan, net zo goed als met mijn vuisten.

En hij draaide zich om en verdween om terug te keren naar de ranch, waar ze niets wisten van zijn geweldige tussenkomst in de rechtszaak.

ANGST VAN STRIJD

Virginia was op de binnenplaats bij de pyloon toen Gleen haar weer deed verschijnen. De jonge vrouw keek hem even aan en scheen een zekere wanorde op te merken in de onberispelijke correctie van haar kleding. Wetende hoe zorgvuldig hij was in dat aspect van zijn presentatie, merkte hij op:

'Wat heb je gedaan dat je een beetje rommelig overkomt, Gleen?

Hij keek naar zijn kleren en, toen hij zich dat realiseerde, probeerde hij de gebreken te corrigeren.

"Het had meer kunnen zijn, maar gelukkig is het niet verder gegaan dan een beetje oneffenheid in de kleding. Ik had een prettig gesprek met je vriend Alvin, op het land van een van de kolonisten in de buurt van je weiden en ik kon de kleine schade niet vermijden.

Ze begreep onmiddellijk de betekenis van de zinnen van de jongen en riep verontrust uit:

'Gleen, je gaat me niet vertellen dat je bij hem bent gebleven.

"Nou, dat is niet de juiste uitdrukking. Ik heb hem niet geslagen, omdat ik hem niet heb toegestaan mij te slaan, maar in plaats daarvan heb ik hem geslagen.

"Waarom? Gaan we de dingen erger maken dan ze zijn?

'Ik weet het niet, en het kan me ook niet schelen. Wat ik wel weet is dat wie in mijn bijzijn slecht over je vader spreekt, of hem leugens toeschrijft, diegene de woorden en de tanden inslikt.

'Hoe? Heeft die gier het aangedurfd mijn vader te beledigen?

Ik zei toen ik aankwam dat je vader een leugenaar was als hij beweerde dat hij hier als eerste was geweest om mijn oom voor te stellen om in zijn weiden naar olie te zoeken en dat hij probeerde te voorkomen dat anderen geld zouden verdienen omdat hij had te veel geld. Ik nodigde hem uit om die onwaarheden te herhalen en terwijl hij dat deed, verpletterde ik zijn mond met een stomp. De rest kun je aannemen: hij probeerde zich tegen mij te keren, maar hij heeft zo weinig middelen om te vechten, zo rijk man die zijn walgelijke tong hanteert en ik heb hem een pak slaag gegeven dat ik hem een paar dagen half verspild op de grond heb laten liggen.Ik hoop dat de les past, maar als dat niet het geval is, des te erger voor hem.

Virginia pakte Gleens handen en zei opgewonden:

"Dank je Gleen, je bent altijd een goede jongen geweest en heel dankbaar voor mijn vader, die van je houdt als een zoon. Ik hoef je niets anders te vertellen, want wie van mijn vader houdt, houdt van mij en wie mijn vader ook houdt, van mij. Je hebt er goed aan gedaan om hem op die manier te verdedigen, want als ik een man was geweest en in jouw plaats, zou ik hetzelfde hebben gedaan.

"Ik geloof het, jij bent ook dapper en het is jammer dat je niet als man geboren bent. Nou, ik bedoel, dingen bekijken vanuit het oogpunt van je vader. Voor mij ben ik gelukkiger met een mooie en vriendelijke neef zoals jij, dan een vechter en norse neef. Het is makkelijker om je als vrouw te begrijpen dan als man.

'Nou, stop nu met die dapperheid. Wat denk je dat er gaat gebeuren?

"Wat weet ik, Virginia? Het hangt allemaal af van hoe die man reageert en de mensen die hij kan mobiliseren om complicaties voor ons te zoeken. Hij alleen zou weinig kunnen doen, vooral als hij geen mensen kan vinden die hem die tests willen toestaan waarvan hij droomt van zoveel.

"Je hebt gelijk. We zullen moeten afwachten wat hij doet na het pak slaag dat je hem hebt toegediend. Ik had graag gezien hoe hij was met hoe zelfvoldaan hij kwam. Hij zag eruit als een schone luis, hij die altijd gekleed als een betere of slechtere welgestelde pion.

'Je kunt het uitzoeken, Virginia. Ik kan je tenminste verzekeren dat met de outfit die hij droeg, het moeilijk voor hem zou zijn om op een vergadering te verschijnen.

Ze lachte om het voorval en Gleen lachte mee, verrast door deze uitingen van vreugde door Armor, die net op de ranch was verschenen.

Blij met het goede humeur van het paar, ging hij verder met de vraag:

"Is er nog iets over zodat ik ook mee kan doen aan het feest?

Virginia stapte naar voren en zei:

'Ik denk dat er nog veel voor je over is, pap. We lachten om Alvin.

"Van Alvin?

"Ja, vooral over hoe zijn gloednieuwe pak is geweest na het pak slaag dat Gleen hem onlangs heeft toegediend.

'Hoe? Wat heb je met Alvin?

'Dat ik Alvin heb geslagen, man. Ik verraste hem door hem te beledigen en onwaarheden over jou te vertellen en hij durfde ze niet in mijn bijzijn te herhalen, omdat ik zijn mond met mijn vuisten sloot.

Op aandringen van de boer vertelde hij hem over het incident en Armor merkte op:

"Ik dank u voor die moedige interventie, niet alleen als een demonstratie van wat hem te wachten staat als hij volhardt in het voeren van oorlog tegen mij, maar ook voor wat een voorbeeld en bedreiging het kan betekenen voor degenen die zich laten overweldigen door verleiding, als dat de gier erop staat dat Sirene zingt. Ons succes is erop gericht dat ieder van hen zich aan de overeenkomst houdt en het is goed dat ze weten dat ze, omdat ze de eerste zijn die het aanbod hebben afgewezen, het recht hebben om van anderen te eisen dat ze zich ook aan mij houden. Ik voel me in ieder geval niet rustig. Alvin is een slecht wezen en als hij zichzelf ervan overtuigt dat hij alleen niets kan doen, vrees ik wat hij uit wraak kan doen. In zulke abnormale situaties is er geen gebrek aan gewetenloze en avonturiers die voor een handvol dollars in staat zijn tot de grootste gruweldaden. Om onvoorziene schokken te voorkomen, zal er een strenge bewaking rond het hele bassin moeten komen. Ze zijn misschien niet in staat om naar olie te zoeken op ons land, maar ze kunnen aanvallen uitvoeren en ernstige schade toebrengen aan degenen die weigeren hun projecten te steunen en als dit gebeurt, met welke morele kracht kunnen ze dan worden onderworpen en gedwongen om schade te lijden voor het ondersteunen van hun projecten? hen? Een houding die, als ik het voor iedereen gunstig acht, niet iedereen kan blijven geloven dat het het beste is, vooral als ze grote verliezen dreigen te lijden? met welke morele kracht kunnen ze worden onderworpen en gedwongen om schade te lijden voor hun ondersteuning? Een houding die, als ik het voor iedereen gunstig acht, niet iedereen kan blijven geloven dat het het beste is, vooral als ze grote verliezen dreigen te lijden? met welke morele kracht kunnen ze worden onderworpen en gedwongen om schade te lijden voor hun ondersteuning? Een houding die, als ik het voor iedereen gunstig acht, niet iedereen kan blijven geloven dat het het beste is, vooral als ze grote verliezen dreigen te lijden?

'We zullen kijken, man. Ik heb juist niets te doen tijdens deze vakantiemaand en het zal dienen als vermaak, terwijl ik paard rijd en frisse lucht inadem en dat is wat ik nodig heb.

Virginia protesteerde:

'Nee, je draagt geen elfhengelhemd, Gleen.

"Waarom niet?

"Want als er iets met jou zou gebeuren, realiseer je je dan welke verantwoordelijkheid het voor ons zou zijn? Je hebt een moeder om over te waken en dat ben je haar verschuldigd.

'Goed, maar dat ben ik ook aan je vader verplicht. Wat zou er met mijn moeder en mij zijn gebeurd zonder de gulle en belangeloze hulp die hij ons en vooral mij heeft gegeven, dat als ik binnenkort mijn dromen van iets in het leven vervuld zie worden, ik het alleen aan hem te danken heb? Mijn vader zou niet meer voor mij hebben gedaan en ik zou ondankbaar zijn als hij niet zou proberen voor die bescherming te betalen met het enige dat ik me kan veroorloven.

"We hebben mannen tot onze dienst die die missie kunnen uitvoeren.

"Ik twijfel er niet aan, maar als het erop aankomt iets bloot te leggen, ben ik meer verplicht dan zij. Ze rekenen een salaris voor werken en zijn niet onderhevig aan meer excessen, ik doe niets nuttigs anders dan voor mezelf en ze betalen me. We gaan daar niet over praten omdat je me niet zou overtuigen, Virginia.

De rancher, verheugd over de woorden van Gleen en door haar vastberadenheid en moed, antwoordde:

'Dat zullen we bestuderen, Glen. We kunnen allemaal iets nuttigs doen en dat hangt af van de omstandigheden.

Ondertussen had hij in de landen van Evanston geprobeerd Alvin te helpen door hem op te tillen en hem naar een beekje te leiden, waar hij zijn gezicht kon wassen en hem van bloed kon reinigen, maar dit bood weinig verlichting. Hij was pijnlijk, gehavend, vol blauwe plekken en wonden, en zijn kleren waren half gescheurd. Zeer slechte presentatie om zo in het openbaar te worden tentoongesteld.

Maar hij kon daar niet blijven. Hij had een lange rust in bed nodig, want zijn hoofd torende en hij voelde een vreselijke angst.

Met schorre stem zei hij tegen de kolonist:

"Dit wordt de proloog van veel en zeer tragische dingen die hier gaan gebeuren. Ze hebben de eerste slag gewonnen, maar de laatste zal van mij zijn en iedereen die aan de kant van Fuchs staat, zal er spijt van moeten krijgen. Voor nu is de overwinning aan jou, maar we zullen later praten. Wat jou betreft, denk erover na terwijl het tijd is. Ze hebben me in de strijd gegooid en er zal worden gevochten totdat een van beide partijen is verslagen. Als je, wanneer je klaar bent om terug te keren, besluit die verbintenis te verbreken en mijn plannen onderschrijft, ben je misschien de enige die wint, als je dat niet doet, dan zul je nog een keer de gevolgen dragen.

Voor zover het mogelijk was, stapte hij op zijn paard en begaf zich langzaam naar het dorp. Hij had de rand van zijn hoed over zijn ogen getrokken om zijn vreselijk gezwollen oog en enkele andere verwondingen aan zijn gezicht zo goed mogelijk te verbergen.

Hij ging rechtstreeks naar zijn kamer en ging naar bed, waar hij de pijnen van de hel onderging, geplaagd door de pijnen die hem kwelden.

In de schemering arriveerde de ingenieur die de omgeving van de stad had verkend om een idee te krijgen van wat dat deel van de staat van zichzelf zou kunnen geven als een oliebassin. De anarchie die in andere gebieden heerste en die ervoor zorgde dat veel olie verloren ging door het gebrek aan vooruitziendheid om vooraf voldoende plaatsen te hebben om het in ieder geval tot de verpakking in te dammen, bracht hem ertoe de mogelijkheden te onderzoeken om dit verlies daar te voorkomen , wijzend op de plaatsen waar het geïmproviseerde verzamelvlotten zou kunnen zijn, als het zwarte goud tussen de oevers van beide rivieren zou kunnen worden gevonden.

De verrassing van Kaplan was groot toen hij Alvin in bed ontdekte, met een gezwollen oog en talloze verwondingen aan zijn gezicht.

'Wat is er met u gebeurd, meneer Sekely? "Ik vraag.

Bevend van woede en een beetje in verlegenheid gebracht door de bekentenis, moest hij verslag doen van zijn gevecht met Gleen, hoewel hij het probeerde te verdraaien door te zeggen dat hij verrast was aangevallen terwijl hij het niet verwachtte.

De ingenieur merkte op:

"Ik heb je al gewaarschuwd dat deze man me te hard leek en ook niet dom is. Als je alle eigenaren van de ruimte hebt toegezegd de verkenningen niet toe te staan en ook mannen hebt om ze te intimideren en te dwingen de afspraak na te komen, kan hier weinig of niets worden gedaan. Waarom gaan we niet weg of proberen we dat niet op gunstiger plaatsen?

"Omdat ik al een kwestie van zelfrespect heb gemaakt om met die man te vechten totdat hij down is. Als hij macht heeft, zal ik hem laten zien dat ik ook een andere soortgelijke kan mobiliseren en we zullen zien wie de strijd wint. Zoals de situatie is geweest, is mijn ijdelheid bereid alles op te offeren om het gevecht te winnen en ik zou al het voordeel geven dat olie me zou kunnen brengen om het hier te ontdekken en die kerel te ruïneren. Ik heb een belang in verschillende recent ontdekte putten en ik ga contact opnemen met het bedrijf zodat zij dat belang van mij kunnen kopen en mij het bedrag kunnen geven. Ik zal het allemaal gebruiken om op dit gebied op te treden, totdat ik de laatste dollar opgebruik of keihard ten onder ga.

"Goed, dat is iets waar ik niet in kan ingrijpen aangezien het alleen van jou afhangt. Mijn missie hier is voorlopig voorbij en ik ga morgen naar McAlester. Mocht het nodig zijn om weer terug te komen, dan geef je mij de opdracht, want voorlopig denk ik niet dat je iets kunt oplossen, en je zult zelfs een paar dagen in bed moeten blijven totdat je klaar bent om weer naar buiten te komen. Hoe dan ook, ik weet niet wat je kunt doen als iedereen weigert je putten te laten graven.

'Ik zal ze openen waar het eigendom van die mensen eindigt of een legioen avonturiers sturen om ze open te schieten. De procedure maakt me weinig uit, zolang ik maar bereik wat ik wilde bereiken. Ik heb in ieder geval een half project bedacht dat als het werkt, het misschien een schaduwslag tegen Fuchs zal zijn.

"Kan het bekend worden als het geen geheim is?

'Voor jou is dat niet zo, aangezien je net zo geïnteresseerd bent als ik, hoe meer olie, hoe beter. Mijn idee is er één: als niemand het door de inzet durft te missen, aan de andere kant kan er iemand zijn die als ze hun eigendom tegen een goede prijs kopen, niemand kan voorkomen dat ze het verkopen. Zolang ik er maar één vind die hem aan mij wil verkopen, heb ik genoeg voor de test.

"Ja, het is een halve oplossing, want als er geen olie wordt gevonden, waar wil je die grond dan voor hebben?

"Ik zou het opnieuw verkopen, zelfs als ik er geld aan zou verliezen. Er zou iemand zijn die, met de zekerheid dat dit niet zou worden bedreigd, het zou verwerven om het te blijven cultiveren. U weet dat niet iedereen een voorliefde heeft voor olie.

"Mee eens. Je doet met je geld wat je wilt, maar denk er eens over na. Hij gaat een gevecht krijgen waarin hij kan verliezen wat hij heeft gewonnen ten koste van blootstelling en werk en kan ook tijd verliezen en daarmee, kansen om het geluk dat hem tot nu toe als wildcatter vergezelde te blijven benutten.

"Als het waar is dat het geluk met mij is, kan hetzelfde mij hier vergezellen. U weet niet dat dit een gok is waarbij we alles blindelings op het spel zetten. Als dat het geval is, wat maakt het dan uit op de ene plaats dan op de andere? Maar onthoud dat als ik je hier zou bereiken waar nog niemand is gekomen om te verkennen, zodra de eerste bron een beetje olie naar buiten bracht, mijn geluk volledig zou zijn omdat ik iedereen voor zou zijn en al het land zou pachten naar het bedrijf. . U bent niet onwetend van wat er in Oost-Texas is gebeurd. Er waren vele jaren waarin geologen bevestigden dat er olie was, maar niemand kon het vinden. Verschillende bedrijven sloten zich aan, gaven nutteloos miljoenen uit en tenslotte, nog niet zo lang geleden, een nederige wildcatter die zijn geld riskeerde met het boren van putten, waarvan er twee droog waren, toen hij zijn laatste dollar uitgaf om de derde te openen, .

"Dat is waar, maar hoe zit het met degenen die hebben gebruikt wat ze hadden en het verloren zonder winst te maken?

"We gaan terug naar het geluk. Als ik het heb zoals het tot nu toe is getoond, wil ik het niet van streek maken. Dat ze me volgt waar ik haar mee naartoe neem, wat haar plicht is

"Perfect. Na wat er is gezegd, heb ik niets meer te zeggen, behalve dat het één ding is om alleen te vechten tegen het onbekende van wat de aarde in haar ingewanden heeft en iets anders is om te vechten tegen de gewapende wil van vele mensen, bereid om voorkomen dat het wordt geprobeerd.Het is een dubbele kans om te rennen en misschien vraagt het veel van dat geluk dat hem tot nu toe vergezelde.

"We zullen zien. Er is niets geschreven over lafaards en dat ben ik ook niet, hoewel uit de sporen lijkt dat ik me door iemand heb laten overweldigen. Deze slagen zal ik schoppen teruggeven en voor sommigen zullen ze pijnlijker zijn.

'Dus als je iets voor McAlester wilt, laat het me dan weten.

"Ja; praat met meneer Qualen en vraag hem om het bedrag te bestuderen dat ze me kunnen geven voor mijn deelname aan de door mij ontdekte putten. Zeg hem dat hij het zo hoog mogelijk moet prijzen, want het is geld dat ik ga gebruiken in hetzelfde en dat als ik rijk ben, wat hij ontdekt zal worden aangeboden aan het bedrijf en niet aan iemand anders. Houd in gedachten dat als olie hier komt waar geen concurrentie is, de zaken geweldig kunnen zijn voor Oklahoma Oil Company.

"Maak je geen zorgen, dat zal ik je zeggen.

'Ik denk niet dat ik je hoef te vertellen over de incidenten die zijn gebeurd. Dit is een specifieke zaak van mij buiten het bedrijf, die geen impact kan hebben op het bedrijf. En over een week hoop ik daar terug te keren om onze deal af te ronden en terug te keren naar deze plek om de strijd opnieuw te beginnen.

De volgende dag verliet de ingenieur Wesley om terug te keren naar de kantoren van de Compagnie om verslag uit te brengen van zijn missie en om te presenteren wat Alvin hem had opgedragen.

De ingenieur was minder optimistisch dan de voormalige dealer en had het gevoel dat Alvin, uit trots die vanaf het begin verkeerd werd begrepen, in een wespennest terecht zou komen dat zijn morele en materiële ondergang zou kunnen zijn.

Maar ondanks dit bewonderde ik haar moed en vastberadenheid. Het was bewezen dat olie, net als goud, een onderneming van durf en kracht was, waar de zwaarste en meest riskante een groot voordeel hadden om te winnen. In die zin had de wildcatter het lef en het lef om met zo'n netelige situatie om te gaan.

HOOFDSTUK VI

LIEFDE VAN VERSCHILLENDE VLIEGTUIGEN

Bijna twee weken gingen voorbij zonder dat Alvin weer tekenen van leven vertoonde, en er gebeurde niets opmerkelijks.

Maar omdat Fuchs Alvin niet vertrouwde, had hij een speciale wacht opgesteld, die de prairie zou afspeuren om te letten op eventuele verdachte bewegingen.

Ondertussen herstelde Gleen, die de boeken maar even moest vergeten en frisse lucht inademde door buiten te sporten, van zijn kleine zwakte en werd sterker en opgewekter.

Om de verveling af te leiden, reed hij vaak te paard met Virginia. Gleen voelde zich erg tot haar aangetrokken, hoewel ze ervoor zorgde dat ze niet buiten de normale grenzen ging die haar werden opgelegd door haar speciale situatie met betrekking tot haar oom en beschermer.

Hij was hem alles verschuldigd, hij miste alles, en hij kon alleen maar hopen ooit een prestigieuze advocaat te worden en geld te verdienen, maar dit was nog ver weg.

Virginia had ook een voorliefde voor de jongen. Hij had vele gelegenheden gehad om zijn verschillende gevoelige vezels aan te raken en hij smaakte goed, leergierig, met nobele gretigheid om zijn weg in het leven te vinden en dit in combinatie met het feit dat hij aangenaam was in de omgang, geestig in gesprek en bovendien een goed soort van man. , heeft deze attractie sterk beïnvloed.

Op een van de ochtenden slenterden ze door de eenzame weide, merkte Gleen op:

"Dit lijkt te zijn gekalmeerd, maar ik heb niet veel vertrouwen. Ik vermoed dat het allemaal te wijten is aan het feit dat ik die pad vele dagen in een hol verborgen heb gelaten en dat hij alleen wacht om in staat te zijn zijn angel in de zon te brengen. Ik zou het gevoel hebben dat dit alles explodeerde toen ik gedwongen werd terug te keren naar mijn studie.

"Waarom?

"Omdat ik graag mee wil doen aan het tumult. Dit is iets wat een arme rechtenstudent niet gemakkelijk opvalt.

'Je vecht met de code in de hand en ik weet niet of je angstaanjagender bent met dat wapen dan met een .45-veulen.

'Er is geen overdrijving, Virginia. We verdedigen het recht van degenen die worden aangevallen, niet met vuurwapens of scherpe wapens, maar met slechte trucs die alleen kunnen worden tegengegaan met de toepassing en interpretatie van de wet.

'Vertel me niet dat alles wat je verdedigt altijd eerlijk is. Is er een persoon die superieur is aan een advocaat, die wil laten zien dat wit zwart is?

'Nou, misschien is het niet helemaal wit, maar ook niet helemaal zwart. We kunnen hoogstens worden bekritiseerd omdat we meer het deel van de kleur benadrukken dat we willen verdedigen.

'Ik hou niet van advocaten, Gleen.

"We zijn niet allemaal lelijk", zei hij met opzet ", sommigen zijn zelfs knap en elegant.

"Verlaag jezelf niet, want ik zal niet degene zijn die in deze zaak als advocaat optreedt, waarbij ik het deel van de kleur dat het beste bij je past zal benadrukken.

'Je hebt het mis en het spijt me, want welke betere advocaat zou ik kunnen vinden voor mijn armzalige rechtszaken?

"Ik doelde niet op het type, maar op het beroep.

'Er moet alles in de wereld zijn, Virginia.

"Waarom en waarvoor? Er zijn tijgers en leeuwen en giftige slangen, wil je me vertellen hoe nuttig ze zijn voor de mensheid?

"In een dierentuin zijn ze altijd een exotische en afgeleide aanblik voor de ogen.

"Laat ze dan ook de advocaten in kooien zetten, zodat we ze kunnen zien als ongedierte dat tot onmacht is gereduceerd.

'Je bent verschrikkelijk, Virginia.

"Ik zeg wat ik denk. Ik weet niet waarom mijn vader, toen hij besloot je te helpen, je niet naar de ranch bracht en je zijn taken oplegde, zoals logisch was. Je zou dit hebben leren begrijpen, het verdedigen en ervoor te vechten met zijn moed.

"Ben ik van plan iets anders te doen dan ervoor te vechten?

"Niet; je zou vechten voor mijn vader en voor mij, wat niet hetzelfde is.

"Voor jou en je boerderij, waaruit ik heb gehaald wat ik niet verdiende, om mijn studie voort te zetten. Zeg geen dingen die me pijn doen.

'Je begrijpt me niet. Ik bedoelde dat je hier nuttig zou zijn geweest voor jezelf en nuttig voor mijn vader.

'Als hij het mij had gevraagd, zou ik het geweldig hebben gevonden, maar je vader weet genoeg om je eigendom te verdedigen en dat zou hij niet doen. Als hij me hierheen had gebracht, zou ik alles over vee hebben geleerd, maar logischerwijs, wat zou ik in mijn functie gewonnen hebben, hoe hoog die ook was? Een fatsoenlijk salaris niets meer, want alles wat me meer zou hebben gegeven, het zou genadig zijn om zijn neef te zijn, maar niet voor mijn positie. Aan de andere kant verdien je als advocaat veel geld als je laat zien dat je je vak kent en klaar bent om moeilijke zaken te verdedigen. Grote bedrijven, die altijd met grote conflicten te maken hebben, zijn met belangstelling op zoek naar iemand die hierin opvalt en ik ambieer om ooit advocaat te worden voor een van de meest prestigieuze bedrijven. Als dat komt, zul je zien of ik binnen de kortste keren een fortuin zal verdienen.

"Ik zal heel blij voor je zijn. Sinds je dat pad bent ingeslagen, wil ik dat je een paleis in Oklahoma krijgt.

"Als ik het heb, zal ik je uitnodigen om erin te komen wonen.

"Denkt u dat ik er goed uitzie in een goede samenleving?

"Je dient om de mooiste en meest vooraanstaande vrouwen te overtreffen die overal kunnen verschijnen.

'Is dat niet de ogen waarmee je me aankijkt?

"De ogen waarmee ik naar je kijk, zouden veel meer zeggen, zo veel dat er geen woorden zouden zijn om het te vertalen.

'Hou op met dat rapport, meneer de advocaat, het is losgeslagen.

"Nee, want ik verdedig een rechtszaak die mij mogelijk aangaat.

"Ja? In welke zin?

Na enige aarzeling antwoordde hij:

"Luister, Virginia. Als ik volgend jaar mijn diploma zou behalen, als ik snel zou bewijzen dat ik meer waard ben dan velen en erin zou slagen om aangenomen te worden door een geweldig bedrijf dat me een fantastisch salaris en een benijdenswaardige sociale status gaf, zou je dan een probleem hebben om de vrouw te zijn van die prestigieuze advocaat?

Ze aarzelde ook voordat ze antwoordde en zei ten slotte:

"Ik zou het niet accepteren.

"Waarom? Vroeg hij pijnlijk. Voor mij of voor mijn carrière?

"Voor je carrière.

"Wat kunt u tegen haar zeggen in de voorwaarden die ik u heb uitgelegd?

"Ik hoef me maar tegen één ding te verzetten. Een prachtige ranch waarvan ik erfgenaam zal zijn en daarin een huis waar ik met overdaad van hou.

"Maar realiseer je je dat je een jong, mooi, aantrekkelijk en elegant meisje bent en dat je jezelf hier opeet in een zeer grote en zeer open kooi, maar eindelijk een kooi, zonder afleiding, zonder samenleving, zonder die geneugten die de wereld en dat ze voor een vrouw als jij de grootste attractie moeten zijn?

"Het kan, maar dit heeft ook zijn charmes. Ik hou van paardrijden, door het landschap reizen, de zuivere lucht van de prairie of de weilanden inademen en me de eigenaar voelen van de kooi die je noemt, zonder dat iemand erin komt als ik dat niet wil en zonder de conventies en tirannieën van het leven van de samenleving.

"Als ik ermee instemde om onder deze voorwaarden met je te trouwen, heb je dan nagedacht over het soort leven dat ik zou moeten leiden? Zij zou de vrouw zijn van de grote advocaat, die alleen tijd zou hebben als het op hem aankwam, voor zijn rechtszaken Hij zou de dag van de ene plaats naar de andere brengen, op zoek naar papieren, gegevens, bewijsmateriaal, verklaringen afleggen, rechtszaken verdedigen en de nachten, hij zou vele uren slaap moeten stelen om zijn rapporten, zijn verdedigingen op te stellen, dit en dat te onthouden artikelen van de Code, Interpreteer ze, verdraai ze, tem ze op zijn eigen manier en hij zou uiteindelijk moe, uitgeput 's avonds laat naar bed gaan, vroeg opstaan en weer aan hetzelfde beginnen.

»Als we kinderen hadden, zou je ze in het voorbijgaan zien, een kus en ze hier weghalen, ze storen me, ze laten me niet werken, ik moet dit verslag voor morgen voorbereiden. Het zou beter zijn om ze naar een kostschool te sturen, waar ze mannen worden voor morgen, mannen als machines als hun vader om geld te verdienen en er niet van te kunnen genieten, naar hun zin en zelfs om niet meer dan kleine en vluchtige momenten voor hun vrouw en dit soms, het opofferen van een spoedklus of iets dergelijks.

Nee, Glenn. Als man waardeer ik je heel erg, ik denk dat je een ideale echtgenoot zou zijn, maar als advocaat haat ik je en ik wil niets weten over die ambitieuze plannen die jou in een automaat zouden veranderen en ik in een martelaar .

»Ik wil een man van absolute vrijheid, hier in deze weiden, te paard, ze in galop aan het rennen, het werk van zijn arbeiders op zich nemend, het leidend, wat je maar wilt, maar vrij van beweging, want dat alles zou niet voorkomen dat mij niet binnen handbereik. constant naast je staan, want daarvoor zijn er meer paarden die naast je rijden.

En toen, als de zon onderging, toen de middag stierf, het vee zou rusten en uw waakzaamheid noch uw inspanning nodig had, dan de kalmerende rust van de ranch, diner op vaste uren, zonder angst of haast, zonder dringende berichten dat alles wordt overreden en als er kinderen waren, meer dan genoeg tijd om voor ze te zorgen, ze te strelen, met ze te spelen en ze zachtjes te wiegen tot ze in slaap vielen.

»Besef je wat dat betekent voor een vrouw die geen geld wil omdat ze het heeft en die daarentegen onbeperkte liefde zou willen, de geliefde man op elk moment aan haar zijde heeft en weet dat ze gelukkig en behendig is , sterk, zonder zorgen, zonder uw ogen te verteren onder het licht van de lamp tot het ochtendgloren artikelen van de Code interpreteren ten behoeve van anderen?

Nee, Glenn, nee. Ik interpreteer liefde en huwelijk op deze manier en ik zal het niet anders toegeven. Ik waarschuw je zodat je geen erg logische illusies krijgt in de verandering die je hebt ondernomen, maar heel anders dan degene die ik leid.

Gleen, die gespannen was geworden toen hij haar hoorde, riep uit:

'Virginia, realiseer je je hoe het zou zijn om je vader te vertellen dat ik mijn carrière opgaf na de opoffering en de kosten die hij heeft gemaakt om mij ertoe te brengen het af te maken? Als hij zelfs maar het geld had dat hij aan mij had uitgegeven om hem terug te betalen, zou er geen kwaad zijn, maar op deze manier ...

'Ik vraag je niet om je toekomst uit het raam te gooien, Gleen; U hebt mij dus een duidelijk voorstel gedaan en ik heb mij gehaast om u mijn mening over deze kwestie uiteen te zetten. Omdat er niets mis kan gaan, kun je een idee hebben van wat er zou gebeuren als je dat idee serieus neemt.

'Denk je dat hij niet serieus was?

'Het is één ding voor jou om het te menen en een ander voor je om serieus te zijn. Je hebt een toekomst bijna binnen handbereik en het is niet je carrière dat je een vrouw moet offeren, maar integendeel, hoewel zelfs dat niet, want ik weet zeker dat er velen zullen zijn die anders denken dan ik en voor hen is dat het toppunt van geluk. Als je je droom hebt waargemaakt, zal het je niet ontbreken aan de vrouw die harmonieert met je kantoor, met je geborduurde sneakers en met je avondjurk wanneer het tweede eeuwfeest van de proclamatie van onze onafhankelijkheid wordt gevierd.

'Wees niet sarcastisch, Virginia.

"Is dat niet; is dat ik drama wil reduceren tot deze situatie een beetje dwaas.

'Je zult een beetje wreed zeggen. Ik heb altijd het idee gehad om je liefde te kunnen vangen, als je dat wilde en je vader accepteerde het.

Begrijp dat ik niet het recht zou hebben om gewoon te doen alsof, vooral niet wat je vader voor mij heeft gedaan. Het zou net zo goed zijn als te veronderstellen dat ik van plan was de heilige en de aalmoes te winnen.

"Ik begrijp uw scrupules en uw mening; Ik hoop dat u de mijne op uw beurt begrijpt.

"Het is zo moeilijk voor mij om ze te begrijpen ...

"Natuurlijk, want als toekomstige goede advocaat wil je de rechtszaak in jouw voordeel oplossen, zonder rekening te houden met de redenen van de andere partij.

"Nee, Virginia, God weet dat het niet daarom is, maar omdat ik van je hou en voor mij zou het een spirituele mislukking zijn om de mogelijkheid van die liefde te verliezen, niet omdat er iets in mijn persoon als een man is dat verwerpt mij, maar vanwege die vooroordelen die u claimt.

'Vooroordelen over het leven, Glen. Ik heb je een situatie geschilderd zoals ik me die voorstel en als je een vrouw was, zou je denken zoals ik denk.

"Het is altijd overdreven.

"Soms voor en soms tegen. Misschien zou de werkelijkheid uitwijzen dat ik tekort was geschoten in het tekenen van dat panorama.

"Ik zou proberen het niet zo somber te maken als je je voorstelt.

"Misschien ten koste van opofferingen van uw kant en van het niet uitvoeren van uw werk met de nodige intensiteit. Je zou veel lijden voor zo'n alternatief en ik ben niet zo egoïstisch dat ik, om mijn smaak te bevredigen, iedereen probeer te buigen om hun behoeften op te offeren.

'Ik zie dat je onherleidbaar bent.

"Wie weet of je kunt veranderen.

"Wie weet of je jezelf kunt veranderen.

'Ik heb je een reden gegeven die me ketent.

'Nou, trek aan die ketting of breek hem als je kunt. Ik denk dat we het onderwerp moeten laten vallen, Gleen.

"Als het jouw smaak is...

"Het is geen smaak, het is een noodzaak en een goed voor ons beiden. Waarom zou je jezelf kwellen door onoplosbare problemen om te draaien? Je hebt een mooie toekomst voor je en het zal je niet ontbreken aan waardige vrouwen. Misschien wordt de dochter van een olie- of bankmagnaat verliefd op je en zien we je op een dag als senator of iets anders.

"Niet spotten. Ik heb geen ambities om te verschijnen.

"Je bent verplicht ze op dat gebied te hebben. Omdat je ze niet zult hebben, zou het in die weiden worden gezet en voor een bos zorgen. Ik kan een man vinden, zo niet dezelfde, iets soortgelijks, die in ruil voor het feit dat hij me sommige dingen niet kan geven, hij me andere geeft die dichter bij wat ik wil.

"Het is dat ik mezelf niet laat denken dat je op een dag in de armen van een andere man zou kunnen zijn.

En hoe zit het met jou van een andere vrouw?

'Ik streef er maar één van u na.

'Ze zijn ook geketend, Gleen. Ze konden je niet verwelkomen zoals je zou willen.

"O, je bent wreed!

"Ik ben oprecht, waarom zou ik je bedriegen?

De lugubere dialoog werd plotseling afgebroken. Ze hadden de ranch bereikt en Armor, die terugkeerde van de weiden, versperde hun pad.

De boer begroette hen met plezier:

"Hallo jongens, gaan jullie wandelen?

"Ja pap. We hebben onze beurt gedaan om te kijken; Stil op alle fronten, meneer Fuchs.

'Laat je hand zakken, brigadier,' zei Armor, terwijl hij het militaire gebaar van het meisje observeerde en haar mooie hand naar haar slaap bracht in een komische regelgroet.

'Op uw bevel, mijn kapitein.

"Ook wij hebben niets abnormaals waargenomen. Ik kan Alvins stilte niet verklaren.

"Misschien zal hij op een dag het uitschreeuwen om wraak te nemen op al die tijd dat hij inactief is geweest.

"Het is mogelijk. Ik heb in ieder geval een paar keer rond het bassin gelopen en met de kolonisten en boeren gesproken, maar niemand heeft meer zulke bezoeken gekregen.

"Nou," antwoordde Gleen, "ik denk dat het beter is om af te wachten waar ze ademt. Als er iets gebeurt, zou ik blij zijn als het snel zou ontploffen, want ik zou het jammer vinden om te vertrekken en dat mijn arme hulp nodig zou zijn.

'Het kan maar beter zo zijn, Glen. Het kan je iets raken dat je niet nodig hebt en je toekomst bederven. Ik wil geen verantwoordelijkheden tegenover je moeder en ik denk zelfs dat je, nu je een beetje hersteld bent, naar haar toe moet gaan.

'Dat doe ik niet, omdat je daar bang van zou worden. Hij weet niet dat ik van deze vakantie geniet en hij gelooft dat ik studeer. Als de zomervakantie komt, die niet lang meer zal duren, dan ga ik naar haar toe en hoef ik haar niet op te hitsen. Mijn moeder zou niet geloven dat het al goed met me gaat en zou geplaagd worden door het vermoeden dat ik een innerlijk kwaad heb. Ik ken haar heel goed en ik weet wat ze zou denken.

"Hierin dwing ik u niet om te doen wat u niet gepast acht.

En ze gingen met z'n drieën de ranch binnen, zonder dat Armor de opwinding kon vermoeden die de twee jonge mannen overspoelde.

HOOFDSTUK VII

EEN SUCCESVOLLE TRUC

Plotseling doemde de eerste met stenen beladen wolk op boven de rust. Een van de kolonisten, vrij dicht bij Fuchs' ranch, kwam naar Fuchs om met hem te praten.

De boer vermoedde dat er iets ernstigs in de atmosfeer begon te zweven en staarde hem aan en vroeg:

'Wat wilde u, meneer Long?

"Vertel je gewoon iets dat ik heel interessant vind. Ik heb, net als iedereen, beloofd dat er geen put op mijn eigendom wordt gegraven om naar olie te zoeken en ik begrijp dat wanneer een man zich tot één ding verplicht, hij het moet vervullen.

'Ik ben blij dat u er zo over denkt, meneer Long.

"Ik denk zo, maar tussen gedachte en werkelijkheid gaapt een kloof.

"Wat bedoelt u?

"Je weet dat je elkaar onder druk zet, op zoek naar het zwakke punt van waaruit je tot die mogelijkheid kunt komen om hier naar olie te zoeken. Het is noodzakelijk om te veronderstellen dat de aanwijzingen die ze op hem hebben, zeer veilig zijn om dat belang aan te tonen om het hier precies te laten ontkiemen.

"Daar zou over moeten worden gepraat.

"Misschien, maar er zijn meer directe realiteiten. Er is een voorstel en een bedreiging aan mij gedaan. Het voorstel is om mijn eigendom te kopen tegen een prijs die drie keer hoger is dan de natuurlijke prijs. Als ik het niet accepteer, wordt ik bedreigd met een reeks sabotage en intense represailles, totdat ze bereiken wat ze hebben voorgesteld.

»En je moet begrijpen dat iemand die relatief arm is, aangezien mijn eigendom bescheiden is, niet kan worden blootgesteld aan het op een dag verbranden van mijn gewassen of het vergiftigen van mijn land zodat ze niet produceren en wie weet of ze me zelfs kunnen stalken om me twee keer neer te schieten . zijn rug en mij onderdrukken als een obstakel voor zijn ambities.

"Voor zover we weten, is het olievondstverhaal een tweede editie van de goudvondst. Passies komen los, egoïsme explodeert en alle middelen zijn goed om de doelstellingen te bereiken.

En dit is mijn dilemma. Ik ben niet in staat om mijn verbintenis te breken, maar ik ben niet bereid om geruïneerd of uit de weg te worden geruimd. Om deze reden is de meest praktische manier om mijn verbintenis na te komen en schade te voorkomen, het aankoopaanbod dat ze me doen te accepteren en van hier naar een andere plaats te gaan,

»Ik heb beloofd geen putten te laten graven in mijn velden, maar ik heb niet beloofd mijn eigendom niet te verkopen als ze me goed betalen en ik ga het verkopen.

»Maar daarvoor heb ik het als een plicht beschouwd om u op de hoogte te stellen van de situatie, zodat u voorbereid bent. Je hebt een strijd gevoerd met elementen die je misschien niet goed hebt gekalibreerd en misschien heb je de kracht om die strijd te accepteren. Ik heb ze niet en trek me terug voordat ik het slachtoffer ben van deze strijd.

Fuchs, die met opeengeklemde tanden had geluisterd, zei hard:

'Lang, waarom ben je zo'n lafaard?

"Dat komt omdat ik zo geboren ben. Ik ben geen lafaard, maar ik ben ook geen hond. Een schade komt altijd uit elk gevecht en kan worden geconfronteerd wanneer die mogelijke schade minder is dan de vergoeding, maar als dat niet het geval is, is het dwaas om te vechten, bloot te leggen en te verliezen. Als ze me drie keer de waarde van mijn land geven, vermijd ik strijd, gevaren en verliezen. Ik kan me op een rustigere plek vestigen en beter leven. Wat vinden ze olie? Wel voor hen. Wat mislukt? Nou, wacht even, want ze wilden het zo. Ik zal hebben gered wat van mij is en niemand zal mij ervan kunnen beschuldigen een verrader of een dwaas te zijn. En dit is wat ik je kom vertellen. Ze hebben afgesproken om binnen twee dagen terug te keren met het geld en de akte om mijn land in bezit te nemen. Zoals verkocht zijn ze niet meer van mij, ik verbreek het pact niet, als iemand vermist wordt,

Fuchs brulde. Hij begreep de redenen van de kolonist en wist niet hoe hij naar buiten moest treden om dat vreselijke gat te vullen.

Omdat hij, door een offer te brengen, zijn eigendom van de kolonist kon kopen tegen de prijs die Alvin hem betaalde, want hij was er zeker van dat het Alvin was met het geld van het uitbuitende bedrijf achter hem dat dat aanbod deed, maar wat zou hij krijgen door deze slag te stoppen en het geld in dat land te gebruiken waar hij niets aan had, als er negen andere eigenaren in het bassin waren en het aanbod kon worden overgedragen aan een andere en aan een andere, totdat ze allemaal hun toevlucht namen? Hij zou al het land in de wijde omtrek moeten kopen tegen drie keer de prijs, en daar had hij het geld niet voor.

Daarom probeerde hij de kolonist ervan te overtuigen het aanbod niet te accepteren en beloofde hij hem en zijn gewassen te beschermen om represailles te voorkomen.

Maar de kolonist was niet overtuigd. De effectiviteit van die verdediging was zeer problematisch, maar zelfs als hij het als veilig beschouwde, waren er andere gevaren waartegen ze hem niet waarschuwden.

Een daarvan was dat als ze ergens anders olie zouden vinden en het bassin in een immense lagune zou veranderen, hun land zou opdrogen en als er later op hun perceel geen olie zou komen, zouden ze alles hebben verloren. Het andere gevaar was dat hij op dat moment drie keer de waarde van zijn land kon hebben zonder te vechten en dan kon hij niets hebben.

Daarom zag ik geen andere oplossing dan één. De verwerving van uw eigendom door wie het beste betaalt.

Fuchs, overmand door een doffe woede, antwoordde:

'Oké, meneer Long. Aangezien we nog achtenveertig uur hebben om de zaak te bestuderen en te beslissen, zullen we praten.

"Heel goed. Zoals je zult begrijpen, heb ik eerst het aanbod weerstaan om een onderdeel te huren om de test te proberen, waarbij ik dat geld verloor en wie weet of zelfs de vondst van olie erin, die meer geld waard zou zijn geweest. Ik wilde wees trouw aan iedereen en aan mezelf, maar als de zaken een andere wending nemen en dreiging en groot verlies binnenkomen, is het heel menselijk om je daartegen te wapenen.

"Ok, Long, ik neem de leiding over je standpunten en ik kan je niet afkeuren, want als ik een criterium heb, kan ik dat niet met geweld aan anderen opleggen. Ik dank u in ieder geval dat u mij op de hoogte hebt gesteld van uw besluit, zodat ik kan bestuderen hoe ik dit kan voorkomen. Misschien heeft u er niet bij stilgestaan wat deze verkoop kan betekenen voor de economie en het algemeen welzijn, maar het is logisch dat iedereen de zaken naar zijn gemak bekijkt. Ik weet alleen hoe ik hem moet vertellen dat dit alles is ontstaan uit een persoonlijke strijd tussen mij en die handelaar die de olietankers vertegenwoordigt, en dat olie er niets mee te maken heeft, want in werkelijkheid weet noch hij, noch iemand anders of het bestaat hier. Hij wil zijn geluk beproeven zoals hij op andere plaatsen heeft gedaan en wil me zo mogelijk ruïneren, met olie als wapen. Wat zal het einde van de strijd zijn, ik weet het niet,

'Ik zorg voor uw houding, meneer Fuchs, als ik een ranch als de uwe had, zou ik er misschien hetzelfde over denken.

De kolonist maakte zich klaar om te vertrekken. Fuchs waarschuwde:

'Ik hoop je te zien voordat alles klaar is.

"Ik zal blij zijn dat u een werkbare formule vindt die aan uw opvattingen voldoet.

Even later vertelde de boer Virginia en haar neef het verontrustende nieuws dat Long zojuist had gecommuniceerd. De drie keken elkaar ongemakkelijk aan.

'Wat denk je dat er kan worden gedaan, pap? vroeg Virginia. Daar hadden we niet op gerekend.

"Niet echt. Ik was echter altijd bang voor iemands afvalligheid, hoewel die man in dit geval een recht gebruikt dat niemand hem kan ontzeggen. Als hij wist dat alleen hij en niemand anders in staat was om door dergelijke aanbiedingen te worden verleid, zou hij verliezen dat geld door zijn land te kopen, maar ik vrees dat zodra dit gebeurt, het aanbod aan een ander zal worden gedaan en die ander aanvaardt, waarmee een ketting zou worden gevormd die ik niet kan verdragen.

"Ik begrijp het. Wat ga je doen?

'Ik ga de anderen verzamelen en vertellen wat er gebeurt. Ik ben bang dat dit een explosieve bom is en dat velen, zo niet alle, geneigd zijn om Long te imiteren, in een poging hun eigendommen te verkopen als het minste kwaad. Als dit is gebeurd... herken je mijn situatie? Ik zou mezelf in een verschrikkelijke cirkel zien, met geen andere mogelijke redding dan één: dat er geen olie in dit gebied was, maar als het bestond, zou het mijn ondergang zijn en de absolute triomf van dat varken.

Gleen, die gespannen was gebleven terwijl zijn oom zich deze vreselijke dreiging realiseerde, kwam tussenbeide en zei:

"Oom, ik denk dat als het middel erger wordt dan de kwaal, je aan niemand moet vertellen of verslag moet doen van wat er gebeurt. Het verdient de voorkeur dat we deze draad van de stof zelf proberen te herbouwen, zonder bloot te stellen onszelf naar de andere losse draden die hun eigen weg gaan.

"Dat is makkelijk gezegd, maar hoe?

"Deze zaak moet niet van buitenaf worden aangepakt, maar van binnenuit.

"Wat bedoelt u?

"Simpelweg, dat er niets wordt bereikt, zolang Alvin bewegingsvrijheid heeft om de spleet te zoeken waar het mes moet worden geplaatst. Wat je moet doen is elke mogelijkheid tot toenadering afsnijden.

"Denk je dat het makkelijk is?

"Ik weet het niet, maar ik denk niet dat het onmogelijk is.

"Geef me een oplossing.

'Ik heb er twee, maar eerst wil ik dat je me één ding vertelt. Als het alleen maar een kwestie was van het kopen van zijn land en niemand anders, zou hij dat geld dan riskeren?

"Ik kan het, maar slechts één keer.

"Geef me in dat geval bewegingsvrijheid zodat ik kan proberen die zaak op te lossen. In dit geval zal ik het met mijn neef eens moeten zijn in haar theorieën over ons gedrag als advocaten.

Welke theorieën?

"Hij zegt dat we angstaanjagender omgaan met de wetten en de code dan een veulen van 45 en dat we in staat zijn om te laten zien dat wit zwart is en vice versa.

"En wat bedoel je daarmee?

"Dat ik die theorie in een andere volgorde toepast, ik ga kijken of we tot op zekere hoogte met willekeurige procedures de overwinning behalen. Het zal niet erg legaal zijn, maar in dit geval zijn er geen morele wetten om toe te passen, maar menselijke verdedigingswetten om in praktijk te brengen. Met die belofte die je me hebt gedaan om de belangen van Long op elk moment te beschermen, zodat je niet kan worden vervolgd, de rest doet er niet toe.

Vertel me wat je probeert te doen.

'Later. Laat me mijn weg beginnen en je zult de rest te zijner tijd weten.

'Pas op, Gleen, ik ben bang dat je overdrijft.

"Maak je geen zorgen. Ik heb een morele verplichting om hem op alle gronden te verdedigen en dat zal ik ook doen. We zullen later praten.

Virginia probeerde hem te dwingen zijn projecten aan haar bekend te maken, maar het mocht niet baten. Glen antwoordde net:

'Het spijt me Virginia, maar advocaten hebben onze geheimen en trucs, die we pas op het psychologische moment naar buiten brengen. Ik kan je alleen maar zeggen dat ik je ranch ga verdedigen en natuurlijk die van je vader, voor zover mijn verstand en mijn macht kan gaan. Ik wil voorkomen dat je door de duivel wordt meegenomen en op een dag zul je je moeten afvragen of je als minder kwaad niet geïnteresseerd zou zijn om de vrouw te zijn van de advocaat van een belangrijk bedrijf, met alle gevolgen van ongemakken die je hebt gesmeed als gevolg.

'Zeer ironische en vernietigende opmerking, Gleen. Ik dacht niet dat je zo hatelijk was.

'Dat ben ik niet, want als ik dat was, zou ik niet proberen mijn vindingrijkheid bij te dragen om je vader en jou te helpen en dit obstakel te overwinnen. Ik ben je alles schuldig en ik moet op de een of andere manier betalen.

"Denk je niet dat het beter is dat je wat rondloopt waar je moeder is en dan weer gaat studeren? Tot nu toe zijn we erin geslaagd om op eigen kracht vooruit te komen, en dat zijn er niet weinig.

"Dit is een geval waarin de morele kracht superieur is aan de materiële. Een toekomstige advocaat vertelt het je.

'Naar de hel met jou en je wetten.

En heel boos verliet ze hem, omdat ze niet weer een te harde dialoog met hem wilde beginnen.

Gleen sloot zich op in het kantoor van zijn oom en schreef een brief, die hij later te paard ging deponeren bij het stadspostkantoor.

De volgende dag ontving Long de brief. Het was een kort briefje, waarin hem werd gevraagd zich de volgende dag bij McAlester te melden en in de herberg op de Plaza te wachten op het bezoek van de koper van zijn land, om daar het overdrachtscontract af te ronden.

Long, die te goeder trouw geloofde dat het de ex-handelaar was die hem ontbood, en gezien het feit dat de boer hem geen bericht had gestuurd, trof voorbereidingen om te vertrekken om de volgende dag in het dorp te zijn. Omdat hij zich niet langer bekommerde om de landen die later niet meer voor hem zouden zijn, had hij er zo'n spijt van ze een paar uur eerder te verlaten en was hij afwezig om op de afgesproken tijd op de plaats van de afspraak te zijn.

Gleen had rondgelopen en had een glimp opgevangen van het effect van haar val, en toen ze zag dat de kolonist zich klaarmaakte om de afspraak bij te wonen, haalde ze opgelucht adem.

Onmiddellijk keerde hij terug naar de ranch en zocht de voorman, en vroeg om twee of drie betrouwbare mannen. Hij verwachtte het bezoek van Alvin, maar hij wist niet of hij alleen zou gaan of vergezeld zou gaan van een escorte en zich niet dwaas bloot moest stellen aan een gevecht met superieure troepen.

Hij moest zijn bedrog aan de voorman uitleggen. De voorman had veel plezier haar te ontmoeten en leende haar drie vastberaden, goed bewapende mannen.

En met hen verhuisde hij naar de hut van de kolonist, wachtend tot Alvin zou komen opdagen om de deal af te ronden.

Het was halverwege de middag toen ze de mensenhandelaar zagen verschijnen, vergezeld van nog twee mannen. Gleen keek toe hoe ze door een van de cabineramen kwamen en beval een van de pionnen om bij hem te blijven en de andere twee om te zijner tijd in te grijpen.

Even later verscheen Alvin, zelfverzekerd, in de velden, op weg naar de hut.

Zijn verbazing was groot toen Gleen naar buiten kwam om hem te begroeten. Hij had de pion aan zijn zijde en buiten, aan beide kanten van Alvin en zijn twee metgezellen, de andere twee pionnen werden geplaatst. Alvin keek zenuwachtig om zich heen. Het rook naar een val en hij was bang dat hij er niet uit zou komen.

Gleen begroette hem met een ironisch accent:

'Goh, meneer Alvin, wat een aangenaam en onverwacht bezoek. Ik vind hem veel beter dan de laatste keer dat we elkaar hier zagen. Ik zie dat je een man bent van verbazingwekkend herstel.

Alvin, die koelbloedig en minachtend probeerde te tonen, antwoordde:

'Wil je alsjeblieft niet storen? Ik kom voor Mr. Long, niet voor jou.

'Aan meneer Long? Jammer dat u gisteren niet bent gekomen! Ze had afscheid van hem kunnen nemen voordat hij op reis ging naar Californië.

"Hé, wat zeg je?

"Dat hij gisteren vertrokken is. We hebben een akkoord met hem bereikt en zijn land van hem gekocht. Mijn neef is dol op het opzetten van een experimentele exotische bloementuin, en blijkbaar leent dit terrein zich goed voor verschillende soorten tropische bloemen. Begrijp je iets over tuinieren?

“Ga naar de hel en bewaar je grappen voor wie ze kan uitstaan! Ik heb hier een afspraak met Mr. Long om een zaak te bespreken en ik wil hem spreken.

“Als je denkt dat we je hebben opgegeten of dat we je hebben laten ontvoeren, machtig ik je om binnen te komen en je te zoeken, maar houd er rekening mee dat ik dit doe namens mijn oom en de andere eigenaren van het bassin, die de huidige eigenaren van deze grond. . We wisten dat meneer Long het wilde verkopen en samen hebben ze het gekocht, omdat ze begrepen dat het de moeite waard was om een handvol dollars op te offeren, alleen maar om niet van de onaangename buurt te hoeven genieten. De heer Long tekende gisteren de akte en vertrok zonder tijdverlies op reis.

"Dat kan niet. Die man lachte me uit.

"Waarom? Je hebt hem een voorstel gedaan, vertelde hij ons, we gaven hem een handvol dollars meer en aangezien hij niet bij een ander had getekend, accepteerde hij en vertrok. Is er iets natuurlijkers?"

'Het spijt ons zeer dat u deze truc speelde met zeer losse kaarten, meneer Alvin. Als we een spel beginnen en een inzet accepteren, is het minste dat we in handen hebben goed poker. En wacht na dit slechte spel voor jou tot we een ander spel beginnen. Zoals u wellicht heeft begrepen, zijn de eigenaren van dit gebied vastbesloten uw aanwezigheid of die van de olie hier niet te tolereren. Iedereen heeft bijgedragen aan deze acquisitie voor de aankoop en dit zal u doen begrijpen dat het nutteloos is om hetzelfde te proberen met iemand anders, omdat zij uw eigendom niet voor de wereld zullen verkopen.

»Dit is het eerste bericht; de tweede, ik ga het hem alleen geven. Als we je hier weer zien verschijnen, denk dan voordat je probeert dat je een barrière van geweren zult vinden die klaar staan om je af te snijden of je in de wei achter te laten zodat je de poging niet herhaalt. Ik hoop dat je erover nadenkt en olie zoekt onder Death Valley of op de top van Mount Shasta, die gemakkelijker te vinden is dan hier. Je hebt onze sterke punten verkeerd ingeschat en ons niet aflatende besluit om niemand toe te staan deze vrolijke en vredige hoek van Oklahoma in een hel te veranderen. Haal dit in je hoofd nu het nog tijd is.

Alvin brulde van woede. Toen hij dacht dat hij alle triomfen voor de test in handen had, hadden ze de inzet op een klinkende manier gewonnen.

Maar hij was een van degenen die niet zouden opgeven zolang hij de kracht had om te vechten. Hij had al zijn eigenliefde gestoken in het vechten tegen Fuchs en hij zou het blijven proberen.

De woorden bijtend, riep hij uit:

"Goed dan; je mikt op nog een triomf, maar sommigen zullen de laatste voor jou zijn en de beslissende voor mij. Bedreigingen schrikken me niet af, want ik kan en zal erop reageren. Je oom moet zich de behandeling die hij gaf me toen ik ging om het bedrijf voor te stellen.

“Het is mogelijk, maar vergeet dat niet achter“ en indien nodig voor”
mijn oom, ik ook.

'Ik vier het, want jij en ik hebben een openstaande schuld te
vereffenen.

"Waarom betalen we het niet meteen af, zodat we geen tijd verspillen?
Ik ben niet iemand die de neiging heeft om voor morgen te vertrekken
wat ik vandaag kan doen.

“Dat doe ik, omdat ik niets accepteer dat een voordeel geeft aan het
tegenovergestelde en het voordeel op dit moment is van hen. Er zal
voor alles tijd zijn, want je wilt het of niet, de hel zal naar de vallei
komen en er zal zwart goud uit voortkomen, dat rood kan worden als
het wordt gemengd met het bloed dat zal stromen.

“Inclusief die van jou?

'Misschien inclusief de mijne... en de jouwe.

'Nou, ga je gang en schiet op, want ze claimen me ergens anders en ik
wil deze kwestie opgelost hebben voordat ik vertrek.

"Het zal zijn wanneer het moet, maar wees gerust, van mijn kant zal ik
geen minuut uitstel wegens opwelling of aarzeling.

"Gefeliciteerd. We zijn geregeld voor die dag, maar onthoud wat je al
een keer is overkomen. De tweede zal de laatste zijn.

“Het zal voor een van de twee zijn.

Alvin, zonder extreme branie, voor het geval Gleen haar geduld zou
verliezen en haar toevlucht zou nemen tot geweld, haastte zich weg
met zijn teamgenoten en toen hij weg was, beval Gleen, geamuseerd
lachend om het stuk,:

'Laten we teruggaan naar de ranch, maar pas eerst op dat we geen
spoor van ons verblijf hier achterlaten. Dat wanneer Long terugkeert,

hij gelooft dat niemand zijn hut heeft bezocht en niet vermoedt wat er is gebeurd. De tijd zal het moeten weten.

HOOFDSTUK VIII

DE EERSTE EXPLOSIE

Gleen begreep bij zijn aankomst dat hij de truc die hij gebruikte niet langer voor zijn oom en Virginia moest verbergen en bracht hen samen om hen verslag te doen van het behaalde succes.

De rancher merkte heel serieus op:

'Dat was vuile kaarten spelen, Gleen; hoewel ik toegeef dat de procedure ingenieus was.

"Verdiende die man beter?

'Ik heb het niet over hem, ik heb het over Long.

"Zo'n vuil is er niet. Voor nu zul je geloven dat Alvin zijn woord brak en je zult genoegen moeten nemen. Dit helpt ons te voorkomen dat Alvin aandringt op de procedure, die demoraliserend zou kunnen zijn en niet aanbiedt om meer eigendommen opnieuw te kopen, in de overtuiging dat we allemaal bereid zijn ze niet te verkopen. Later, als we het gevaar wegnemen, kun je met Long praten, uitleggen wat er is gedaan en hem het geld aanbieden dat ze hem voor zijn land hebben gegeven: als hij het accepteert, heeft hij niets verloren en als hij er beter over nadenkt en blijft, iedereen zal gewonnen hebben.

'Dat kalmeert mijn geweten en ik feliciteer je met je vindingrijkheid, Gleen.

"Advocaattrucs, man. Als we niet wisten hoe we moesten profiteren van de scheuren die onze tegenstanders ons aanreiken, hoe zouden we dan klinkend kunnen zegevieren? Succes ligt precies in het verdedigen van wat onmogelijk lijkt; de andere, de vulgaire, verdedigt zichzelf en heeft geen verdienste.

'Nou, nu moeten we weten hoe Alvin zal reageren.

"Dat is waar we op moeten letten. Hij moet iets doen omdat hij steeds bozer wordt en geen genoegen neemt met de geleden nederlagen.

Armor besloot zijn buren niet te informeren over de truc die werd gebruikt om de poging om gaten in die landen te openen, althans voorlopig af te weren. Het was beter om de zaak zo lang mogelijk te laten sluimeren, om controverses te vermijden die schisma zouden kunnen veroorzaken.

Armor vermoedde dat als er echt gevaar zou dreigen over dit deel van het gebied, er meer dan één zouden wankelen. Olie vergiftigde niet alleen lichamen, maar ook geesten, en velen droomden ervan om van de ene op de andere dag rijke mannen te worden.

Wat hij deed, was een langeafstandsbewakingsdienst opzetten om eventuele verrassingspogingen te ontdekken.

Long kwam twee dagen later terug, verbaasd en nerveus. Hij had tevergeefs op Alvin gewacht en toen hij ervan overtuigd was dat hij niet zou verschijnen, keerde hij terug naar zijn ranch.

En nu wist hij niet wat hij moest doen. Hij schaamde zich om aan Fuchs verslag uit te brengen over zijn mislukking en de spot die hij had ondergaan, hoewel hij niet kon verklaren waarom hij interesse had om zijn land te kopen, en vervolgens de aankoop op te geven.

De ongemakkelijke tijd om zich bij Armor te melden, werd vermeden toen Gleen zijn hut passeerde alsof hij uit afleiding slenterde. Toen hij Long zag, stopte hij en zei:

'Goedemorgen, meneer Long. Ik dacht dat ik hem hier nog niet had gezien.

'Ik ook niet, maar... dat klopt. Vertel je oom alsjeblieft dat er niets staat over de deal waar ik je over heb verteld.

'Hoe zeg je dat? Had die pad berouw?

'Ik weet het niet, maar het lijkt wel zo. Hij belde me in McAlester om de deal af te ronden en ik wachtte twee dagen op hem zonder te komen opdagen. Dat is iets smerigs dat ik niemand tolereer.

'U kunt alles van Alvin verwachten, meneer Long. Hoe dan ook, misschien lukte het hem niet om het geld bij elkaar te krijgen en dat was het dan. Het kost weinig om aan te bieden, maar als het gaat om geven...

"Ik heb niet naar hem gezocht, maar hij naar mij.

'Hoe dan ook, ik zeg niet dat het me spijt, want het zou niet waar zijn. Voor nu is het voor iedereen beter om de rust die hier heerst niet te verstoren. Zonder die man zou dit een paradijs zijn en... dat kan maar beter zo blijven.

Na dit gesprek gebeurde er niets. De pionnen van Armor waren op de uitkijk en deden ontdekkingen, maar alles was nog steeds rustig en het leek erop dat Alvin veel had opgeschept over iets dat hij niet zo gemakkelijk kon bereiken. Er waren botten waar hij zijn tanden in moest zetten en deze zag er zo uit. Er gingen nog een aantal dagen voorbij, de rust bleef heersen en Gleen keek toe hoe de dag van haar terugkeer naar school om haar studie voort te zetten naderde, zonder dat er iets was opgelost.

En aangezien hij vermoedde dat de tondeldoos op een gegeven moment moest ontploffen, zei hij tegen zijn oom:

“Ik ga mijn leraren schrijven dat ik nog niet helemaal hersteld ben en dat ik nog vijftien dagen vakantie nodig heb. Misschien gebeurt er in die tijd iets dat het beeld verheldert.

"Ik denk dat je moet gaan, Gleen," antwoordde de rancher. Er zijn hier genoeg mensen om elk gevaar het hoofd te bieden.

'Ja, maar ik zou het niet allemaal vertrouwen. Een dag of vijftien betekent immers niets. Ik kan ze verdienen door elke dag een uur extra te studeren.

En het was precies diezelfde nacht dat de wapenstilstand op dramatische wijze werd verbroken, zonder dat iemand kon aangeven hoe de aanval had plaatsgevonden. Rond drie uur 's nachts en tegelijkertijd braken er drie branden uit in de toch al droge korenvelden van drie kolonisten in het bassin. Toen de branden werden ontdekt, had het vuur, geholpen door een sterke bries uit het noorden, geweld aangenomen en dreigde het de inspanning van vele maanden werk op het land te verslinden.

Heel dat deel van de vallei werd geschrokken wakker van het scherpe gejammer van jachthoorns die het gevaar aankondigden. Op de ranch van Fuchs stond het hele volk snel op, klaar om in te grijpen en de rancher zelf, aan het hoofd van zijn team, ging naar de getroffen plaatsen, die, omdat ze behoorlijk van elkaar gescheiden waren, gedwongen waren de hulptroepen te verdelen, overal naartoe te kunnen gaan.

Het was een brute en vermoeiende taak tot zonsopgang, zonder dat de inspanning echter erg effectief was. Op zijn minst werden de oogsten vernietigd of bijna vernietigd, hoewel het mogelijk was te voorkomen dat de hutten, sommige schuren en bepaalde andere elementen verbrand werden.

Consternatie heerste onder de eigenaren van de vallei. Alvin was begonnen toe te slaan met de kracht die de elementen die bij de olie betrokken waren hem gaven en begon niet alleen de weerstand en kracht van zijn vijanden te ondermijnen, maar ook hun moreel.

Wat hij niet had bereikt door overreding en offer, probeerde hij te bereiken door vernietiging en angst, en Fuchs begon te vrezen dat op het laatste moment de triomf zijn vijand zou zijn.

Toen de vuren waren gedoofd, toen die drie beelden van verwoesting en ellende in het zonlicht werden aanschouwd, waren de gezichten van allen samengetrokken en verstijfd en maakten ze de stormen duidelijk die de gewonden ondermijnden.

Tot er een naar voren stapte en uitriep:

"Dit is wat we met dit alles hebben bereikt, mijnheer Fuchs en het is noodzakelijk om u te vertellen, aangezien u degene bent geweest die de situatie op een andere manier heeft geschilderd en ons heeft gedwongen ons te verplichten tot iets dat het ongedaan maken van sommige.

"Ik weet niet of er olie zal zijn in deze verdomde landen, maar we zouden meer hebben gewonnen door ze het te laten controleren. Als ze hadden gefaald, zouden we nu kalm zijn en zouden deze stomme ruïnes zijn vermeden en als ze hadden echt olie genomen, wie weet welke weg onze situatie op dit moment zou hebben genomen ... zelfs als je het niet leuk vond.

Fuchs, geconfronteerd met de agressieve tirade van de kolonist, antwoordde:

"Het is mogelijk, maar stop met nadenken over wat er zou zijn gebeurd met degenen die helaas niet het geluk hadden gehad om zwart goud op hun eigendommen te vinden.

'Is er iets ergers dan dit?' Riep de kolonist, wanhopig wijzend naar zijn verkoolde oren.' Nee, niet erger, want wat we hadden zou tenminste intact zijn gebleven.

"Geloof je? Weet je iets over de invloed van olie op land en gewassen? Maar of het een gif is dat alles verschroeit en doodt.

"Goed, maar ruïne voor ruïne, de andere had de voorkeur, omdat de bevoorrechten in ieder geval gebruik zouden hebben gemaakt van de ingewanden van hun gewassen. Nee, dit kan zo niet doorgaan en zal ook niet doorgaan. De verbintenissen zijn voorbij als, ondanks hen, niemand in staat is geweest om onze bescheiden landgoederen te beschermen. Vandaag is de klap gegeven aan drie, morgen kan het aan anderen worden gegeven en ons uiteindelijk allemaal in de ondergang storten. Misschien niet voor jou, omdat je veel mannen hebt om je eigendom te verdedigen, maar wat hebben we eraan om te redden wat van jou is, als we verliezen wat van ons is? Ik ben blut, gezonken, in ellende, maar tenzij... ik zal zien of ik mezelf op de een of andere manier kan redden. Wat ik anderen op mijn land niet heb laten doen, zal ik zelf doen. Ik ga er gaten in maken totdat ik de wereld van deel naar deel oversteek en als die felbegeerde olie ontspruit,

Toen de andere twee slachtoffers hem hoorden, riepen ze met felle accenten:

"Dat klopt en dat zal het ook zijn. We zullen hetzelfde doen en ik doe jullie twee een voorstel. Wat er in een van onze landen kan gebeuren, tot derde delen van nut en als het in alle drie ontspruit, hoe beter.

Fuchs, geconfronteerd met de verschrikkelijke dreiging die al zijn pogingen om zijn weiden te verdedigen tegen de verschrikkelijke en dodelijke invloed van olie verpestte, verloor de controle over zijn zenuwen en stond dreigend op, brulde:

"Luister; dit is een hel van tegenstrijdige belangen geworden, waarin we blijkbaar allemaal zullen moeten vechten om te verdedigen wat van ons is. Ik heb de meest loyale manier gezocht zodat niemand zou worden geschaad en het is niet mijn schuld dat bepaalde schurken, die een beroep doen op ellendige sabotage, hebben deze schurken begaan die geen kwalificatie hebben.

Maar net zoals je praat over het verdedigen van wat van jou is, moet ik waarschuwen dat ik zal verdedigen wat van mij is. Olie is een bedreiging voor kilometers weiland en voor een paar duizend horens, waar ik jaren en veel moeite voor heb gedaan. Ik kwam hier om te vechten met de aarde, met de elementen en met de ongewensten, om te bereiken wat ik nu bezit en ik moest mijn leven vele malen riskeren om het te verdedigen en te behouden. Als nu iemand, wie hij ook is, opnieuw dreigt met wat het me zoveel opoffering heeft gekost, zal hij mijn vijand zijn en als zodanig zal ik hem behandelen.

»Olie is geen echt goud. Het extraheren hiervan is niet schadelijk voor een derde partij. Olie uit een put halen is vergif voor de anderen eromheen en ik kan niet tolereren dat iemand mijn financiën ongedaan maakt. Ik wil je waarschuwen, want als ze me op die manier de oorlog verklaren, zal ik het tegen iedereen accepteren, hoe pijnlijk het ook voor me is om me tot op heden tegen mijn vrienden te keren en die ik te goeder trouw heb geprobeerd te verdedigen.

"Praat geen onzin", brulde er een. Als het handig voor je was geweest om olie uit je weiden te halen, zou je niet hebben gewacht tot ze kwamen om het voor te stellen, je zou er zelf naar hebben gezocht, zonder aan anderen te denken, want binnen je eigendom zou je alles kunnen doen je wilde. winnen. Nou, dat overkomt ons; binnen onze percelen kunnen we doen wat we willen en niemand zal het kunnen voorkomen.

'Ik! brulde Fuchs.

"U.

"Als ik, omdat het mij kan schaden en net zoals ik anderen niet heb willen schaden door eerst te proberen, zal ik niet tolereren dat iemand mij ruïneert. Ik wil waarschuwen dat ik al mijn mannen in beweging zal zetten en dat de eerste die betrapt worden bij het openen van een gat, voordat hij het volledig kan openen, zullen ze er een op zijn hoofd zetten met een ons lood en het zal allemaal voorbij zijn.

Een dramatische stilte verwelkomde de dreiging. Fuchs had Gleen en een aantal pionnen van zijn team aan zijn zijde en ze leken klaar om terug te vechten.

"Dus waarom vergoedt u ons niet de geleden schade zoals die van u komt? "Zei een kolonist.

"Ik zou wel willen, maar ik kon het niet goedmaken met iedereen. Wat ik kan doen is hen helpen om voorlopig geen honger te lijden en later, als dit is opgelost, omdat het moet worden opgelost en misschien niet lang duurt, dan zullen we bestuderen hoe we deze verliezen kunnen verzachten.

"Woorden en niets dan woorden. Het praktische is iets anders en als hier olie is... dat is het praktische.

'Ik hoop dat je er goed over nadenkt,' waarschuwde Fuchs.

"Er wordt gemediteerd" brulde er een; Ik heb de leiding over mijn huis en ik doe wat ik wil. De anderen die het pad volgen dat zij het meest geschikt voor hen achten.

Desoriëntatie heerste onder de verzamelden. Degenen die nog geen aanvallen of verliezen hadden geleden, durfden zich niet bij de slachtoffers aan te sluiten, maar ze bleven bij de verwachting, want als de anderen de bedreigingen van Fuchs trotseerden en olie zouden vinden, zouden ze allemaal in hun land gaan graven en eruitzien als wilde beesten. van nieuwe en vruchtbare bronnen.

Armor stelde een algemene vraag:

Wat vinden anderen?

Niemand leek het initiatief te willen nemen, totdat iemand antwoordde:

"Voorlopig behouden we onze mening. Omstandigheden heersen en we zullen ons ermee temperen.

Het antwoord was dubbelzinnig, maar bedreigend, want als iemand olie zou ontdekken, zouden anderen, zoals wilde beesten, er ook naar op zoek gaan.

De boer was buiten zichzelf. Hij wist dat hij in het nauw werd gedreven en het lukte hem niet om zoveel vijandige elementen in wezen of macht te domineren.

En uit angst om de ramp uit te lokken, besloot hij om zo'n dramatische situatie te beëindigen en zei:

'Heren, ik heb mijn laatste woord gezegd. Als, zoals iemand heeft aangegeven, de tijd is gekomen om zichzelf te redden wie kan en ieder gaat naar zijn eigen, en niet naar het algemeen belang, dan zal ik verdedigen wat van mij is met hand en tand en zonder tegen wie te kijken. Ik zal indien nodig mijn leven opofferen om te voorkomen dat mijn weiden veranderen in een grijze woestijn en mijn vee niet wordt vergiftigd. Volgens de theorie van sommigen doe ik wat anderen doen: verdedigen wat van mij is. Om deze reden herhaal ik dat iedereen die een enkele druppel olie laat ontspruiten en me naar de ondergang leidt ... zich moet voorbereiden, want ik dood hem.

En gevolgd door zijn eigen, verliet hij de vergadering om terug te keren naar de ranch.

De situatie was nijpend geworden. De dood begon met zijn zeis door de vallei te lopen, zich afvragend wat zijn eerste en beste prooi zou zijn en iedereen wist dat ze elk moment door zijn zeis werden bedreigd. De drie slachtoffers konden hun dreigement om putten te openen uitvoeren, maar ze konden die van Fuchs niet negeren, die gehoor zou geven aan de waardevolle hulp van zijn pionnen. Dit waren in de eerste plaats cowboys en verdedigden de weiden en het vee waarvan hun leven afhing.

Ze zouden Fuchs agressief steunen en dat waren er veel. Alleen door een strijdmacht te organiseren om zich tegen hun eigen strijdmacht te verzetten, konden ze die verschrikkelijke dreiging trotseren.

Wat zou er vanaf dat moment gebeuren? Niemand kon het voorspellen, maar iedereen was ervan overtuigd dat het voor sommigen iets te tragisch zou zijn.

Fuchs' dreigement schokte de drie kolonisten wiens ondergang zo tragisch was bewerkstelligd, en voordat ze de macht van de rancher uitdaagden, wisselden ze van gedachten. En er was iemand die voorstelde:

'Ik denk dat het het beste is om naar McAlester te gaan, contact op te nemen met de Oklahoma Oil Company, de zaak aan hen uit te leggen en hen voldoende manschappen te laten sturen om de gaten te openen. Als ze onze ondergang hebben veroorzaakt, laat ze dan ook iets blootleggen om vooruit te komen in hun streven. We zullen van hen een bedrag eisen voor de verhuur van de percelen en zolang bekend is of er olie is of niet, zullen we een deel van wat verloren is gegaan terugkrijgen.

Eén van hen werd aangesteld om zonder tijdverlies het bestuur te kunnen uitoefenen dat hen zo interesseerde.

De kolonist verscheen in de stad, precies op het moment dat Alvin daar indrukken met de directeur uitwisselde. Hij had zijn aandeel gekregen om te kopen in de bronnen die hij had ontdekt en wachtte op het resultaat van de sabotage die hij zelf had georganiseerd, om onkruid te zaaien onder de eigenaren van het bassin en het pact te verbreken dat tussen hen was gesloten. Hij was woedend over wat volgens hem Longs slechte baan was, en ondanks zoveel weerstand en moeilijkheden om vooruit te komen, had hij niet geaarzeld om zijn toevlucht te nemen tot drastische procedures.

Gleens dreigementen hadden geen indruk op hem gemaakt, want nu, met geld, kon hij gewetens en goedbewapende handen kopen om de klus te klaren.

De manager, die op de hoogte was van Alvins koppige strijd met de landeigenaren van Wesley Valley, belde snel de voormalige dealer om naar de kolonist te luisteren en zijn voorstellen aan te horen.

Toen de kolonist aan Alvin werd voorgesteld, kwam hij woedend op hem af, brullend:

"Ben jij de schurk geweest die...?

'Rustig maar, vriend, en sta niet op voor jouw tijd. Ze vertelden me net dat u het bedrijf uw eigendommen komt aanbieden om te proberen putten te openen en als dat zo is, kunnen we elkaar goed begrijpen.

"Ik zou geen beroep hebben gedaan op dergelijke procedures, als Fuchs, die jou in zijn vuist heeft gehad, me niet had gedwongen om dat te doen. Ik heb gewoon geprobeerd land te pachten aan wie maar wilde om de zoektocht te beginnen; iets dat zou hebben geprofiteerd iedereen, als er olie was, zoals we veronderstellen, maar Fuchs behandelde me slecht, bedreigde me, mishandelde me zelfs en maakte bezwaar zonder enig recht dat anderen deden wat hij zei dat hij niet geïnteresseerd was.

En ik heb op dezelfde manier moeten reageren. Ik heb een zaak van eigenwaarde gemaakt om daar olie te vinden, als die er is, en ik heb een beroep gedaan op de maatregelen die ze me ter beschikking hebben gesteld. Het spijt me dat je pech hebt gehad, maar we zullen proberen om dat op te lossen, als je echt bereid bent om putten te graven.

"Natuurlijk zijn we bereid en zouden we het zelf hebben gedaan, als Fuchs ons niet had gedreigd hem eruit te schieten. We hebben alle relaties met hem verbroken, maar we kunnen met zijn drieën niet voor zijn team staan, daarom we zijn gekomen om de Compagnie het land aan te bieden zodat het, als het genoeg mannen heeft, de nodige mensen kan sturen om putten te graven, als het ons wordt aangeboden.

Alvin, die barstte van vreugde toen hij wist dat hij op het punt stond zijn dreigementen uit te voeren, antwoordde:

"Ik ben bereid u de waarde te betalen van wat er bij de branden verloren is gegaan en later, als we olie ontdekken, zullen we een overeenkomst bereiken, hetzij door het land van u te kopen, of door u een aandeel in het product van elke put aan te bieden. dat wordt geopend met benzine.

"In dat geval heb ik toestemming van mijn collega's om met u over de huurovereenkomst te handelen. Zodra de waarde van de verloren gegane aan ons is betaald, zullen we daar toegang verlenen.

"Perfect. We zullen proberen die verliezen te beoordelen en het document te ondertekenen.

Ze zaten in een kantoor te praten over het te leveren geld en de voorwaarden van het contract, totdat ze een akkoord bereikten.

De kolonist tekende namens de drie, ontving het geld en zei:

'Wanneer ben je van plan je mensen te sturen?

"Overmorgen stuur ik veertig man met het nodige materieel, zodat het werk eerder en in betere omstandigheden kan worden uitgevoerd.

'Goed, maar vergeet niet dat Fuchs al zijn pionnen in alarm heeft en dat ze de prairie bewaken om te voorkomen dat ze ons land binnendringen.

"Voor mij geldt hetzelfde. Nu ik weet dat ik het recht heb om daar naar binnen te gaan en met absolute vrijheid te manoeuvreren. Ik beloof je, Fuchs zal zich de dag herinneren dat hij me op zo'n idiote manier durfde te trotseren.

»Je kunt teruggaan naar je land en je metgezellen geruststellen door ze je geld te geven. Over twee dagen praten we.

De kolonist keerde terug naar zijn verwoeste velden en diezelfde nacht ontmoette hij de andere twee slachtoffers. Ze voelden zich gerustgesteld nadat ze hun geld hadden ontvangen. Laat Fuchs vanaf dat moment afrekenen met zijn vijand.

Zowel Armor als zijn neef waren erg nerveus. Ze wisten dat de verschrikkelijke storm spoedig zou uitbreken en ze waren bang voor de gevolgen ervan, omdat het hen pijn deed niet alleen hun vijand, maar ook hun eigen buren het hoofd te bieden.

Maar twee dagen later galoppeerde een van de pionnen die van een afstand toekeken terug om Fuchs aan te kondigen dat twee enorme geladen karren niet wisten wat, omdat de luifels de lading verborgen en een grote groep ruiters, die vanuit het noorden met richting naar dat deel van de vallei.

Fuchs vermoedde dat het Alvin was. Hij hield zich aan zijn belofte om de strijd aan te nemen en uit te lokken, want zonder te provoceren kon hij niets bereiken.

Hierdoor begreep hij dat het nutteloos zou zijn om de hulp in te roepen van degenen die tot voor kort zijn bondgenoten waren. Het enige waar hij op kon hopen was dat ze neutraal zouden zijn zolang ze geen reden hadden om naar de ene of de andere kant te buigen.

De inzet was hoog en Armor ging op pad om de strijd aan te gaan. Als hij het zou winnen, zou hij het gevaar misschien voor altijd opzij zetten.

Hij viel zijn mannen lastig en ze bereidden zich voor om de indringers af te weren die probeerden het land van de kolonisten binnen te dringen.

Maar zijn verbazing en woede waren enorm toen twee ruiters uit de groep opstonden, op wier borst de zilveren sterren van sheriffs of commissarissen in de zon schitterden.

De ene was de hulpsheriff van McAlester en de andere een McAlester-sheriff.

De hulpsheriff liep naar de vijandige groep Fuchs en zijn pionnen, en de boer vreesde het ergste en beval zijn mannen hun handen thuis te houden.

"Wie van jullie is Armor Fuchs?

"Ik", antwoordde de boer schor en groette de hulpsheriff.

'Goed, in dit geval moet ik u iets meedelen van mijn baas, de sheriff-generaal van dit bassin. Deze mannen die mij voorgaan, maken gebruik van hun volmaakte recht om grond in bezit te nemen dat ze hebben gehuurd, volgens documenten die ze naar behoren hebben getoond en waarin ze van plan zijn te werken bij booroperaties om naar olie te zoeken.

»Omdat u zich, volgens de klacht van de huisbaas, blijkbaar met geweld verzet tegen het gebruik van dat recht dat de wet beschermt, kom ik namens de sheriff om u op de hoogte te stellen en u te waarschuwen dat elke poging tot aanval of dwang om ze te voorkomen Het uitoefenen van dat volmaakte recht dat hen helpt, zal gevolgen hebben voor jou en iedereen die je ondersteunt bij een agressieve actie.

»En als dit gebeurt en het legitieme recht op verdediging van de aangevallen persoon nadelig voor hem is, zal niets, afgezien van de wettelijke verantwoordelijkheden vereist door de wet, verwijten of verantwoordelijkheid eisen van degenen die, ter verdediging van zijn eigen, ernstige verliezen zouden kunnen veroorzaken Integendeel. . Ik hoop dat je het opmerkt en je troepen terugtrekt naar je ranch. Anderen vrij laten om hun rechten te gebruiken.

Fuchs, die razend was, antwoordde, de woorden bijtend:

“En wie verzekert mij van de ernstige gevaren die het gebruik van dat recht dat de wet beschermt mij zal opleveren?

"Wat betekent het?

"Je weet het. Zoals olie ontspruit en door de velden stroomt, het gras droogt, verbrandt, het sap vernietigt dat het bevat en alles eromheen verwoest. Ik heb bloeiende weiden en een paar duizend stuks vee die vergiftigd kunnen worden als de olie stijgt en omdat het veilig is, vernietigt het mijn weiden.Wie behoedt mij voor deze schade?

»Het kan me niet schelen wat de buurman doet als het mij geen kwaad doet, maar als ik, om rijk te worden, mezelf moet ruïneren, dat zal ik niet tolereren met de wet en tegen de wet.

“Als dat zo is, kun je een schadeclaim indienen en de rechter laten beslissen of die er waren en hoeveel. De wet is de wet en die moet gerespecteerd worden.

“Vind je dat veilig en positief? Denk je dat ze me de vele duizenden dollars zouden betalen die dit alles waard is, en de opbrengst die ik er per jaar uithaal? Denk je dat ik, om anderen te begunstigen, hoe dan ook moet opgeven wat van mij is? Waarom zoeken ze geen olie in de open graslanden in de woestijn, of op de hellingen van de bergen waar ze niemand kwaad kunnen doen? Waarom zou het juist in een kern van vruchtbaar land zijn, waarin alles wordt geproduceerd wat het leven van de volkeren nodig heeft om zichzelf te voeden? Is het dat met deze buitensporige en gekke ambitie die mensen heeft doen wankelen om naar olie te zoeken alsof die verdomde vloeistof alles uitmaakt, de fatale vermindering of de dood van vee en landbouw kan worden toegestaan, net zoveel of zelfs meer nodig dan olie? Waarom de twee niet harmoniseren zonder elkaar te schaden?

“U stelt mij een theorie voor die overeenkomt met de regeringen en niet mij om het op te lossen. Ik vertegenwoordig de wet om te drogen en de wet beschermt degenen die erom hebben verzocht om bescherming, de rest kan worden verhoogd door degene die overeenkomt om die oplossing te zoeken die ik niet ontken.

“Natuurlijk, en als dat over vijftig jaar wordt onderzocht en opgelost, waar zitten dan de verliezers?

“Het spijt me dat ik uw problemen niet kan oplossen, maar het ligt niet in mijn macht. Mijn missie is één en die vervul ik; de rest moet worden opgelost door degene die de autoriteit en macht heeft om dit te doen.

Fuchs, die op het punt stond te ontploffen, brulde:

"Goed, deze mensen hebben het recht om zich in die landen te vestigen en gaten te maken om iedereen te begraven. Laat ze ze openen totdat ze aan de andere kant van de aarde uitkomen en zolang ze zich daartoe beperken, beperk ik me tot wachten, maar als ze de pech hebben om olie naar buiten te laten komen, en het bedreigt mijn land, dan zal de hel voor sommigen een plaats van ontspanning lijken waarmee hij hier gaat exploderen. Ik heb gezworen dat ze me zullen moeten doden voordat ze mijn verbrande land en mijn karkassen zien, en dat ze zich voorbereiden om het te proberen, maar zolang ze niet slagen, laten ze vrezen voor hun olie, voor hun leven en voor de wereld. Het is alles wat ik je te vertellen heb.

En zonder op meer te wachten, gebaarde hij naar zijn mannen en het team, gespannen, met de tanden op elkaar geklemd door de slecht ingehouden woede, keerde hij terug naar de ranch, terwijl de twee grote wagens met hun lading en het grote piket van verdedigers hen bewaakten. , gingen ze door, voorafgegaan door de plaatsvervangend sheriff en de commissaris, als een garantie dat niemand hen zou beletten de gehuurde gronden te bereiken en zich erop te vestigen. De rest, wat zou kunnen worden afgeleid van die gedurfde daad, kon alleen worden voorspeld door het lot.

HOOFDSTUK IX

Dolblij met zijn succes rukte Alvin op met deze enorme machine naar het land van de drie kolonisten. Hij had geweten hoe hij dingen met vaardigheid moest doen, zich verbergend in de hulp van autoriteit. Hij wist dat het een tijdelijke rem was op Fuchs' agressieve impuls, een haakje waardoor hij zonder strijd en blootstelling het land zou kunnen bereiken met zijn mannen en uitrusting intact, maar hij was er niet meer zo zeker van dat de morele bescherming van de wet hem zou dienen. . veel als de olie eruit zou stromen.

Dan zou het de kracht zijn die het laatste woord zou zeggen, maar toch, in het geval van het lokaliseren van olie, omdat de vondst de moeite waard was om veel bloot te leggen en meer uit te geven, zou het mannen in voldoende aantallen inhuren om zijn gehate rivaal te verslaan.

Tot nu toe had hij genoeg om de voorlopige peilingen te beschermen; later zou het geluk zijn laatste woord hebben. De twee grote karren vervoerden het meest precieze materiaal voor de eerste pogingen. Het was elektronische apparatuur, vele honderden meters kabels, een kleine boorinstallatie en dynamiet in overvloed. Het voorbereidende werk zou bestaan uit het openen van gaten, het exploderen van de dynamietlading erin en het bestuderen van de weerkaatsingen van de gieken met de seismografen, het luisteren naar de grond en het opstellen van kaarten, die zouden worden gebruikt voor de studie van de technici totdat de koepels waren gevonden .

Maar soms waren al deze wetenschappelijke werken op de een of andere manier nutteloos. Nutteloos, als er geen olie was op de plek waar het werd gezocht en nutteloos als het geluk hen deed voorbereiden om zich op gunstige plaatsen te graven waar het geluk hen ertoe had gebracht olie bijna tot op de grond te ontdekken, want dan was het voldoende om een paar meter te hakken door een eenvoudige holle buis door het gat te steken, zodat wanneer het de opening bereikte waar de olie was, het eruit zou gutsen met de kracht van een projectiel, studies, kaarten en andere technische gegevens die de weelderige natuur overbodig maakte, zouden redden.

De komst van dat materiaal en van zoveel mannen om het te beschermen, bracht de rest van de landeigenaren in dat deel in shock. Blijkbaar was het materiaal nog niet compleet; Er moesten nog nieuwe wagens arriveren met meer boorinstallaties en boorpijpen, en een nerveuze en koortsachtige rusteloosheid maakte zich van iedereen meester.

Wat zou er gebeuren als er olie zou opduiken op het land van die drie vastberaden kolonisten? Waarom zouden de anderen niet ook hun geluk beproeven als de olierage iedereen al had veroverd en als het zou ontploffen, het gezicht van de vallei zou veranderen alsof het door een geologische chaos was geschokt? Het interessante was dat iedereen tegelijkertijd zijn geluk beproefde. Als er voor iedereen niets was om tijd te verspillen en als dat er niet was, zou iedereen tegelijkertijd overtuigd zijn van hoe steriel het terrein is.

Om deze reden, zodra de boorvoorbereidingen begonnen in de landen van de kolonisten die door de brand waren getroffen, begonnen ze op alle andere plaatsen als een test, zonder andere effectieve middelen dan pikhouwelen, schoppen en enkele holle ijzeren staven, de poging van het zoeken naar mogelijke olie, allemaal dromend om het te vinden zodra ze de grond krabden.

Op de ranch van Fuchs heerste de spanning. De boer, opgewonden, sprak alleen van een verschrikkelijk gevecht zonder kwartier en er was geen manier om zijn zenuwen te kalmeren.

Virginia was bang voor de houding van haar vader; Twee keer had hij geprobeerd de boerderij met rust te laten, geobsedeerd door het vinden van Alvin om hem af te maken, en Gleen, die zich volkomen bewust was van alles, probeerde hem te kalmeren door te zeggen:

"Luister, man; we winnen niets door de controle over onze zenuwen te verliezen en te anticiperen op gebeurtenissen. Niemand is er zeker van dat wat ze zoeken kan bestaan en zolang er geen olie naar boven komt, waarom wanhopen en iets uitlokken dat fataal kan zijn?

Als ze het niet zouden vinden, zou er niets zijn om te proberen en zou falen en verlies voor hen zijn. Misschien zullen ze dan hun waanzin beseffen en spijt hebben dat ze door de fantasie zijn meegesleept.

»Als dit gebeurt, is het niet nodig om te vechten en levens nutteloos bloot te leggen. Alles zal vanzelf zinken, zonder dat er brandstof op het vuur komt.

'In theorie is dit allemaal heel verstandig, Gleen; Maar wat als het zich voordoet, wie vermijdt dan de catastrofe? Wat ik wil is anticiperen op wat later onherstelbaar zou zijn.

'Ik begrijp je, maar denk je echt dat je het zou vermijden door die strijd uit te lokken? Merk op dat Alvin deze keer niet onvoorbereid is gekomen; Hij brengt veertig goed bewapende mannen mee, die ongetwijfeld klaar zullen zijn om te vechten, als het niet meer was, zou ons team, hoewel iets minder talrijk, misschien kunnen proberen die mensen weg te vagen, maar heb je nagedacht over de hulp zouden ze Alvin de andere eigenaren geven, wanneer ze zijn beïnvloed door de oliegekte en allemaal de vallei in een hel hebben veranderd waar geen arm is die op dit moment de toppen niet grijpt om in de aarde te graven? Ze zouden zich bij Alvins mannen voegen en een contingent vormen waartegen we niets konden doen voor kwantiteit, zelfs niet voor kwaliteit.

'Dus wat denk je dat ik moet doen, ze toestaan mijn weiden in een woestenij te veranderen?

"Kun je het op de een of andere manier voorkomen, als dat moet gebeuren? Ik denk van niet, en om een wanhopig gevecht aan te gaan, is er altijd tijd, vooral als er een serieus moment is om het te proberen.

»Ik zeg dit niet omdat ik bang ben om nog een in de strijd te zijn; Integendeel, ik heb met Alvin de balans van een gevecht in afwachting van een gevecht en ik zal hier niet weggaan zonder mezelf met hem te meten, maar op een definitieve manier.

"Dus onthoud dat als je moet vechten, ik aan je zijde zal staan op het beslissende moment. Ik begrijp alleen dat de strijd, of nooit zou moeten worden opgewekt bij gebrek aan een fundamentele reden, of wanneer het zich voordoet, dat het voor iets is op leven of dood.

De rancher leek niet overtuigd te zijn door de oproep dat zijn kalmte tegenover de jonge man, maar Virginia, die vreesde voor het leven van haar vader, steunde Gleen en vocht met hem moreel om Fuchs te overtuigen.

Uiteindelijk kalmeerde hij een beetje en beloofde hij gezond verstand. Hij moest vasthouden aan de laatste hoop die hij had; degene die de pogingen mislukten en ze geen olie vonden.

Maar vanaf dat moment kregen zijn zenuwen te maken met schokken die hem gek konden maken, elke keer dat de wind de echo van de explosies van dynamiet naar de boerderij droeg, waardoor de gaten die zich openden groter en dieper werden.

Glenn maakte zich zorgen. Hij wist wat er op een gegeven moment zou kunnen oplaaien en zag geen haalbare oplossing voor het potentiële drama.

Olie, die door de voren op andermans land raast, zou Fuchs' ondergang kunnen zijn, zonder voordeel, maar waarom, als de weiden bedreigd werden, kon deze ondergang niet worden verzacht met een tegenhanger?

Als er olie in de vallei was, zou het net zo goed van Long's land of iemand anders kunnen komen, als van Fuchs' eigen weiden, en als dit moest gebeuren, waarom zou u dan niet op de rest vooruitlopen en daar kijken naar wat ? wat kan overal zijn?

Weide en vee konden verloren gaan, maar als het land olie bevatte, zou het het verlies compenseren met zijn waarde, en uiteindelijk zou de verkoop van de velden de boer compenseren voor zijn verliezen.

Maar, deze logische redenering, wie heeft het aan Armor blootgesteld? In hun obsessie zouden ze hem woedend hebben afgewezen zonder over hem te willen horen.

En toch was het een voorzichtige en vooruitziende maatregel, die niet over het hoofd mocht worden gezien. Wanneer je te maken krijgt met grote evenementen, kunnen de oplossingen niet worden gekoppeld aan je verlangen, maar aan wat er uit diezelfde evenementen kan worden gehaald, het minste verliezen en het meeste winnen.

Geplaagd door dit idee, liet hij Virginia erin delen. Het meisje was niet dom; Gleen kende te veel logica om de werkelijkheid bloot te leggen zonder valse schijn, en ze maakte het bekend aan haar neef.

Deze, overtuigd door hun argumenten, antwoordde:

'Ik denk net als jij, Glen; Als het onvermijdelijk is dat olie ontstaat en het kan ons alleen maar ten bate van anderen ruïneren, waarom zouden we onze ondergang dan niet verhelpen met hetzelfde middel dat het voor ons produceert? Ondanks mijn vader, zal de realiteit er maar één zijn en of hij nu van olie houdt of niet, het zou de domme soort zijn om ons te ruïneren en op te geven wat onze redding zou kunnen zijn.

'Maar ik denk net als jij, wie stelt hem dit bloot? Ik zou het niet zijn, ondanks alle redenen.

"Ik ook niet, maar toch zijn er veel manieren om bepaalde moeilijkheden te overwinnen.

"Hoe?

"Ik heb een idee en ik ga u vragen uw mening hierover te geven, zodat uiteindelijk de verantwoordelijkheid bij iedereen ligt. Je hebt een voorman die een heel verstandig man is. Ik zou hem dit alles durven uitleggen, om te zien wat zijn mening is, en als hij denkt zoals wij, dan zouden we volgens hem iets kunnen proberen zonder dat je vader erachter komt, althans voorlopig.

»Het idee is dat op zoek naar een plek met de meest afgelegen en verborgen weiden, waar het moeilijk is om er doorheen te gaan, een paar mannen zich zouden inzetten om zoveel mogelijk te graven, op zoek naar een mogelijke bron. In de loodsen zitten lange ijzeren buizen, die worden gebruikt ter vervanging van de stukken leiding die op de vijvers aansluiten. Met hen zouden ze een essay kunnen proberen, hoewel ik weet dat het niet erg wetenschappelijk zou zijn, maar, wie weet, het zou in ieder geval een initiatie zijn van wat anderen doen, en als een van de anderen geluk heeft in die zin, waarom niet accepteren dat het hier ook was?

Er is geen andere oplossing, Virginia. Ofwel de mislukking is daverend, of we verdrinken allemaal in olie; maar ja, dat zijn we allemaal en niet slechts een paar.

»Fortuin door fortuin; Als de veeboerderij verloren gaat, komt de olie naar boven en later ... nou, met wat het oplevert, kun je helemaal opnieuw beginnen, zelfs als het nodig is om dit verdomde land te verlaten en naar Texas te gaan, of waar vee zijn gegarandeerd niet vergiftigd door olie.

'Je idee is goed, Gleen, maar... wat als mijn vader erachter komt?

"Als hij er van tevoren achter komt, kan hij alleen verder graven verbieden. Ik neem de verantwoordelijkheid voor het idee en laat het zijn wat God wil.

"Zoals de dingen zijn geworden, is het suïcidaal om tegen de stroom in te gaan, en wat wordt opgelegd, is ervoor te zwemmen.

Virginia stemde uiteindelijk toe en beloofde Gleen om met de voorman te praten en het idee aan hem voor te leggen.

De voorman dacht diep na voordat hij antwoordde en zei ten slotte:

"Ik denk dat dat de beste oplossing is. Ik weet dat de baas het niet leuk zal vinden, omdat hij geobsedeerd is door niets van olie te weten, maar als het ooit gaat stromen en het dit moet vernietigen, zou hij in ieder geval compensatie moeten krijgen. Wat je aan de ene kant verliest, win je aan de andere kant, en dan, als je wilt, gaan we ergens anders heen om een nieuwe ranch te stichten, waar we niet worden bedreigd door die hel.

"Daarom ga ik uw idee onderschrijven. Ik denk dat er een heel goede plek is om het te proberen, want als we er olie in vinden, hebben we een diep ravijn ernaast, dat zou kunnen dienen als een natuurlijk vlot om het te verzamelen, zonder een druppel te verliezen, totdat iemand zorgt voor bottelen en daaruit verwijderen. Als de dingen klaar zijn, laat ze dan met het hoofd gedaan worden.

'Prachtig! riep Gleen uit. Wil je dat we die plek gaan zien?

"Laten we daar heengaan.

Het bezoek overtuigde beide jonge mannen van de reden dat hij de voorman assisteerde. Bij het graven op die plek, die ook werd beschermd door wilde heggen, die degenen die erin handelden, zouden verbergen, zou er, als er olie zou komen, kunnen afdalen door een spleet die voor dat doel werd verwijd en uitmonden in een lang en diep ravijn dat lager dan die grond openging , op een afstand van twintig meter.

In overleg stemde de voorman met hen af om een paar vertrouwde mannen te kiezen en hen aan dit werk te wijden, na een uitleg van de reden van die poging. Net als goede cowboys hadden ze ook een hekel aan olie, en zouden dit soort werk niet uit eigen plezier doen.

Iedereen moest ervoor zorgen dat Fuchs niet achter de manoeuvre zou komen, zodat ze geen dynamiet konden gebruiken om de gaten te graven, omdat ze zich zouden melden en Fuchs in woede zou uitbarsten tegen de samenzweerders. En toen deze kwestie eenmaal was opgelost, wachtte iedereen op wat er zou komen.

Niemand was zich ervan bewust dat ze een verschrikkelijke en verwijde loop van buskruit onder hun voeten hadden die van het ene op het andere moment op tragische wijze kon ontploffen, en dat de paradoxale lont die het zou laten vliegen de eerste zwarte oliespuit zou zijn die uit hun ingewanden tevoorschijn zou komen.

Er was een dodelijke week verstreken sinds Alvin in zijn uitrusting was gearriveerd, en hoewel de koorts van waanzin overal werkte, bleef de situatie stationair.

Er waren tientallen ondiepe putten geslagen, die met dynamiet waren gevuld, waardoor de gaten toen ze ontploften groter werden, maar de tekenen van olie waren nergens te bekennen.

Alvin voelde zich nog niet hopeloos. Hij oefende wat dat was, hij had tevergeefs genoeg gaten gegraven, althans op bepaalde diepten, maar dit had de technici geholpen het terrein, de trillingen en andere technische aspecten van het moeilijke probleem te bestuderen.

En hij kende putten die weken en zelfs maanden hadden verbruikt, sommige om steriel te zijn en andere om uiteindelijk het gewenste product, de vasthoudendheid en de kosten te leveren die ten dienste stonden van die onzekere onderneming.

Maar sommigen van degenen die, besmet met deze koorts, hadden geprobeerd op eigen kracht te zoeken met veel minder praktische middelen dan Alvin, begonnen zich hopeloos te voelen. Ze waren gehallucineerd vanaf de eerste intentie, in de overtuiging dat dit iets heel gemakkelijks en snels was en ze keken met bezorgdheid hoe de dagen verstreken, ze gebruikten hun energie in dat enorme werk en het resultaat was negatief, met dubbele schade voor hen, omdat de de rest van hun werk, dat tot dan toe praktisch en lonend was, had hem in de steek gelaten, waardoor hij zichzelf blootstelde aan het verlies van beide.

Binnen twee weken na het begin van het werk had de minste patiënt vol ontzetting zijn pikhouwelen en schoppen gegooid en staarde hij woedend naar de diepe, droge, steriele putten en de enorme hopen aarde die aan de zijkanten waren opgestapeld en een ruimte innamen die gewijd aan iets anders, zou het meer prestaties hebben opgeleverd.

En mokkend en beteuterd zochten ze elkaar op om indrukken uit te wisselen en elkaar aan te moedigen, als dat mogelijk was.

"Wat denk je? "Vraagde er een." We hebben al meer dan twee weken energie en tijd verspild, en er is niets aan de hand. Denk je dat we eindelijk iets zullen bereiken?

"Wie weet? "Antwoord een ander, hees." Ik heb mijn velden verlaten die mijn aandacht meer dan ooit nodig hadden en ik ben zoals jij. Ik begin te geloven dat we iets geks hebben gedaan om ons door de vasthoudendheid daarvan te laten verleiden man die ons allemaal heeft gerevolutioneerd.

"Dat lijkt mij" bevestigde een derde partij. Fuchs verzekerde ons vele malen dat alles was geboren uit een persoonlijke tegenstelling tussen hem en die man. We zullen het uiteindelijk met hem eens moeten zijn, en hoe gaat hij ons uitlachen als hij de enige is die duidelijk heeft gezien.

"Er kan nog steeds niets gezegd worden", verzekerde een ander, die nog steeds hoopte zijn ambitie waar te maken. Brown heeft me verteld dat deze Alvin niet teleurgesteld is en dat zijn mannen nog steeds hard werken. Hij verzekert dat er soms gaten zijn gegraven die twee of drie maanden hebben geduurd om de olie te laten stromen.

'Nou, het is mogelijk, maar... wie kan er drie maanden zonder middelen graven zoals hij? Als dat zo is, zouden we anderhalf jaar nodig hebben om die diepte te bereiken.

"Ik denk van wel" antwoordde de eerste "en ik denk dat we dwaas zijn geweest door onszelf te lanceren om zelf te zoeken. Als er olie is en die man brengt het naar buiten, zal hij geïnteresseerd zijn om door te gaan met het boren van putten, en het is hij die met ons moet omgaan om anderen op onze eigendommen te openen.

'Maar als hij het doet, wil hij er meer van.

"Het is natuurlijk, maar als we het niet kunnen laten ontkiemen door het niet te geven, denk dan dat alle opgeslagen vloeistof uit je putten zal komen en dat we ons deel hebben verloren.

"Dat is waar. We zullen van hem afhankelijk zijn

"Maar als" een andere "niet gevonden is en die kerel met zijn impedimenta ergens anders heen moet, zal hij natuurlijk niet meer hebben verloren dan het geld dat hij heeft gebruikt, maar wij, in welke situatie blijven we dan? We zijn opgestaan aan meneer Fuchs, en vanaf nu zullen onze relaties minder hartelijk zijn.Hij is woedend over alles wat er is gebeurd en wil niets van ons horen.

"Nou, daar is hij" bevestigde er een. "Tot nu toe heb ik alleen geleefd van wat mijn eigendom me geeft.

'En allemaal, maar soms... hebben onze problemen ons gedwongen om ons tot hem te wenden, en hij heeft ons altijd een handje geholpen. Ik denk niet dat ik het hierna zal doen.

"Ja, je weet nooit hoe je het goed moet doen.

"Het is jammer" merkte een ander op ", want als er hier veel olie is, heb je dan stilgestaan bij het voordeel dat we in korte tijd zouden krijgen? Alleen al het verkopen van ons land aan de Compagnie zou ons twintig keer zoveel opleveren als het waard is nu, en het is de gok waard, als er een kans is om op die manier te winnen.

"Dat zal moeten blijken. Omdat het lang duurt om iets te vinden, zullen we allemaal kapot gaan of iets dergelijks.

Maar Alvin maakte zich geen zorgen over de ontmoedigingen van de andere eigenaren. Hij wist wat dat was en raakte niet zo snel ontmoedigd, hoewel hij al nerveus begon te worden, want als hij faalde, afgezien van het belachelijke rennen, zou hij een groot deel hebben verspild van wat hij zojuist had verzameld voor de putten verkocht en zijn wraak op Fuchs zou ik teleurgesteld zijn.

Maar hij had nog hoop. De ingenieur die hem en zijn assistenten had vergezeld, bestudeerde voortdurend de kenmerken van de explosies, onderzocht de gewonnen aarde en wachtte op hun werk.

Dagen later beefde Alvin van emotie, toen hij door de holle buis die in de aarde zonk, een vreemde geur waarnam, die hij tot dan toe niet had waargenomen. Het was als een heel vage geur van petroleum ver weg, maar toch een geur.

Hij overlegde met de ingenieur, die hem vertelde:

"Het is heel goed mogelijk dat het een voorlopergas is voor het barsten van de put. Als dat zo is, ben ik bang dat je de grond niet meteen klaar hebt om het op te pakken. Er gaat veel olie verloren.

En Alvin zei met een fel accent:

"Ik heb het voorzien en het kan me niet schelen; het is eerder mijn wens dat het een grote expansieput wordt, die vele liters olie per minuut afvoert.

"Meer geld verliezen?

"Om dit land in één dag binnen te vallen en deze hellingen af te dalen. Zie je daar beneden, dat meidoornhek? Wel, het is degene die de weiden scheidt van de man die ik het meest in de wereld haat en degene die mij het meest haat. Als ik je vertel dat ik hier ben gekomen om mijn geld en zelfs mijn leven te riskeren om me het genoegen te geven de olie eruit te zien stromen en als een waterval naar je weiden te zien afdalen om ze weg te spoelen en ze in een ruïne te veranderen, dan ben ik niet tegen je liegen. Dit is mijn grootste genoegen en om dit te bereiken, zou ik alles geven wat mij van nut kan zijn in een ontluikende bron.

'Nou, als dat zo is, vermoed ik dat zijn wraak bijna voltooid is. Wat nog moet worden bekend, is wat de reactie van de "begunstigde" zal zijn.

'Ik veronderstel dat zij, en ik ben op haar voorbereid, daarom heb ik hier veertig mannen die hen een goed salaris betalen omdat ze tot nu toe niets hebben gedaan. Ze hebben de missie om de golf van woede van mijn vijand te ontvangen en ik hoop dat als hij besluit mij terug te slaan, hij de laatste en de meest fatale voor hem zal ontvangen.

Het nieuws dat er gassymptomen begonnen te verschijnen uit de hoofdbron die werd geopend, verspreidde zich als een lopend vuurtje door de gebouwen. Ten slotte leek het erop dat de projecten van de koppige wildcatter werkelijkheid zouden worden en dat olie zou verschijnen als een belofte, die niet slechts één, maar velen kon bereiken.

En nogmaals, de koorts om te blijven verkennen viel iedereen binnen. Degenen die de toppen hadden verlaten om terug te keren om hun gewassen te verzorgen, vergaten deze om de wapens van het werk weer op te nemen, en een koorts van waanzin verspreidde zich van begin tot eind in de vallei.

Iedereen vermoedde dat de uitbraak nabij was en dat op een gegeven moment, wat voor sommigen al een entelechie was, werkelijkheid zou worden.

De koorts was zo groot dat de zoektocht 's nachts werd onderbroken. Kerosinelampen verlichtten fantastisch de werkplekken, waar de een en de ander naar hun vermogen hard bijten.

En het was ongeveer drie uur 's nachts, toen in de put waar Alvin zijn hoop had gevestigd, de olie krachtig en moedig stroomde. Door de holle en dikke buis van de boortoren steeg de enorme straal op, bereikte een hoogte van twaalf en een halve meter, en later, nadat hij de uitzettingskracht had verloren, daalde hij neer in een zwarte en verderfelijke straal, die de verschillende arbeiders ving wie Ze werkten aan het boren en hij vermomde ze door ze in zwarte geesten te veranderen die druipen van de vieze vloeistof.

Een enorme kreet van vreugde barstte los uit tientallen kelen bij de langverwachte vondst, en terwijl de vloeistof in een ononderbroken stroom de zwarte ruimte van de nacht in bleef stromen. De keel was hees en schreeuwde:

"Aardolie! Aardolie!

En het geschreeuw, gedragen door de wind, bereikte Fuchs' ranch, als een oorlogsbugel.

Het uur van de strijd had geklonken en er zou geen menselijke kracht zijn die het voor een enkel moment zou kunnen stoppen.

HOOFDSTUK X

BRAND IN DE HEL

Door het licht van de nieuwe dag kon het landschap worden geregistreerd. Fuchs, die razend van woede was, keek verlangend in de verte. In het roodachtige ochtendlicht was de tuit van de vervloekte olie als een zwarte parabel, die de helderheid van het landschap kleurde en de vuile vloeistof, die geen geschikte plaatsen had om te verzamelen, had verschillende voren gevormd, als giftige slangen die door de rivier afdalen. glooiend terrein en kijkend over de weiden van Fuchs, om ze te betreden.

En de boer, die zich realiseerde dat de catastrofe al onvermijdelijk was, begon te brullen als een gek:

"Mijn mannen voor mij, we moeten die klootzakken wegvagen die ons lafhartig hebben verwoest! Ga je gang!

De pioenen, woedend, maakten hun paarden klaar om zich in de strijd te lanceren, en Virginia, doodsbang, wilde haar vader tegenhouden, maar hij wees haar abrupt af, om blindelings naar de plaats te gaan waar de olie bleef stromen en de stroompjes, die al door het meidoornhek begonnen te sijpelen.

Gleen, die de gemoedstoestand van zijn oom opmerkte, kon niets anders doen dan op het paard springen en proberen de boer te volgen, om hem zo goed mogelijk te beschermen.

Hij wist dat er geen menselijke kracht was om hem te stoppen in zijn gretigheid om te vechten en te winnen of te sterven.

Het team, besmet met dezelfde woede als hun werkgever, omdat ook zij werden getroffen door de mogelijke ondergang van de ranch, had zich gehaast om hun rijdieren en wapens op te vragen en bereidde zich voor op de harde strijd. Als een lawine verlieten ze de weiden en lanceerden ze onstuimig naar de plaats waar de olie stroomde, klaar om alles te vernietigen wat ze op hun pad vonden.

Alvin, die de felle reactie van zijn vijand had voorzien, had zijn mannen voorbereid op de botsing, en dus, zodra ze beseften dat het team hen aanviel, renden hun bewakers naar buiten om hen te ontmoeten om hen af te snijden en hen niet toe te staan de put te naderen.

Al snel werd dat stuk van de vallei een verschrikkelijk slagveld. Ze waren snel uiteengevallen om geen compacte massa te vormen, gemakkelijk om de schoten erop te concentreren, en ze zochten elkaar met woeste woede, klaar om elkaar te vernietigen.

De geweren waren de eersten die hun doodslied zongen, vurend vanaf een afstand, maar toen het momentum van de paarden grond sneed en ze aanvielen, waren de geweren irritante en onpraktische wapens, dus werden ze snel vervangen door de "Colt »Makkelijker te gebruik en praktischer voor een bijna hand-tot-hand gevecht.

De kolonisten, doodsbang door het tragische beeld dat hun ogen werd aangeboden, vluchtten het slagveld uit, zochten hun toevlucht in hun hutten of verpletterden zich tussen de velden om het lichaam te stelen tegen de storm van projectielen die sinister om hen heen sisten.

Alvin, aangespoord door zijn haat jegens Fuchs en bang dat de wanhopige stoot van zijn mannen de zijne zou overweldigen, waardoor hij zou wegvagen wat hem zoveel moeite en geld had gekost om te bereiken, zat niet werkeloos toe. Hij was geen lafaard, hij werd aangemoedigd door een hevige haat tegen zijn vijand en hij begreep dat hij nog een andere zou moeten zijn om mee te vechten en een voorbeeld te stellen zodat anderen geen flauwte zouden voelen die dodelijk voor hen zou kunnen zijn.

En als nog een wierp hij zijn paard in de maalstroom van de strijd, op zoek naar de rancher tussen de drukte van de teamleden. Als hij zich moest blootgeven, wilde hij dat doen door persoonlijk op zoek te gaan naar zijn rivaal.

Fuchs, bezield door hetzelfde moorddadige sentiment, was ook naar hem op zoek, maar er was iets anders dat hem obsedeerde en dat het belangrijkste doelwit van zijn aanval was geworden.

Toen hij de ranch verliet, had hij woedend enkele bosjes harsachtige planten ontworteld, die hij op het zadel aanstak zonder nauwelijks te stoppen bij dit werk. Green keek naar hem en wilde hem ongemakkelijk vragen wat hij van plan was, maar de boer negeerde hem en bleef verwoed galopperen en de jonge man gaf het op en beperkte zich tot hem te volgen, alsof hij zijn schaduw was, uit angst voor een tragische overdaad. van de verheven boer, die de controle over zijn redenering had verloren en alleen werd bezield door een verschrikkelijk idee: alles vernietigen wat hem in de weg stond.

En Gleen voelde zich meer en meer onderdrukt toen hij zijn oom recht naar de rechtopstaande toren zag galopperen, vastgelopen in de velden van een van de kolonisten, uit wiens koepel de dikke tuit van de tuit nog steeds ontsproten, zwart en vuil.

Wat was er aan de hand? Rusteloosheid overviel hem en hij probeerde haar opmars te weerstaan. In dit deel hadden zich een tiental bewakers verzameld, vastbesloten hun vijanden niet toe te staan de put te bereiken.

De ploegbaas had ook het rechte pad van zijn beschermheer opgemerkt, hij haastte zich om te manoeuvreren om niet van hem gescheiden te worden en sleepte nog drie mannen achter zich aan, die allemaal een kleine groep vormden die geïsoleerd was van de rest van de jagers.

De bewakers van de put haastten zich om de afstand te verkleinen en kwamen voor de rancher uit om te voorkomen dat hij de put zou bereiken, maar Fuchs' handen waren twee vulkanen van de dood, die de twee "Colts" hanteerden die hij had gekregen.

Zijn volgelingen hanteerden ook het dubbele aantal wapens dat de huidige, en dus vuurde elke man met twee en verdubbelde zijn aanvals- en verdedigingskracht.

Een paar minuten lang leken beide partijen te stoppen door de kracht van de botsing. De revolvers werkten om dood en terreur te zaaien, en vier van de bewakers vielen van hun paarden, terwijl twee van Fuchs' pionnen over hun rijdieren leunden en de hallucinerende streling van de kogels ontvingen.

Maar het momentum van de rancher was overweldigend, gesteund door de voorman en zijn neef. Twee nieuwe vijanden werden goed getroffen en de anderen werden gedwongen zich terug te trekken, achtervolgd door de aanvallers.

Maar plotseling had de boer vertraging, hij trok de dikke bundel harsachtige takken die aan het zadel hing, haalde er een lucifer uit en stak die in brand.

De hars begon te branden en de takken dreigden een klein vuur te worden in de handen van de boer, die blind van woede, zonder het gevaar te meten, snel in de richting van de put galoppeerde.

Gleen, die zich realiseerde dat hij achterop was geraakt, draaide zijn hoofd om hem te zoeken, en ontdekte hem met de brandende takken in zijn handen, vermoedde de waanzin die hij van plan was te begaan, en, doodsbang, brulde:

'Oom! Oom! Terug... nee, niet dat... bij alle heiligen! James... help me hem tegen te houden!

En het was onmogelijk om hem te bereiken voordat hij zijn verschrikkelijke en dramatische werk had voltooid. Blindelings liep hij naar de hoge tuit en toen hij bij een plek kwam waarvan hij dacht dat hij de brandende takken kon weggooien, trok hij met verschrikkelijke moed met zijn arm en gooide ze in de ontvlambare vloeistof die een klein vlot vormde toen het viel.

Meteen probeerde hij achteruit te rijden, maar had geen tijd. De gassen van die verschrikkelijke ontvlambare massa expandeerden tijdens de explosie. De rancher en zijn rijdier, gevangen in de explosieve kegel, werden als projectielen gegooid, en Gleen, net als de voorman, keek met angst toe terwijl beide lichamen voor hen werden geprojecteerd, ze bijna overweldigend toen ze werden gegooid om half vernietigd te vallen tot genoeg meters afstand.

Gleen en de voorman hadden dankzij de vertraging die ze hadden om hem te bereiken, dezelfde gruwelijke dood als de rancher bespaard, maar toch leden ze onder de verstikkende hitte van de enorme hittegolf die doorbrak toen de brand uitbrak.

En meteen gebeurde er iets dantesques, waar de haren van iedereen overeind gingen staan, want daar was nooit aan gedacht.

Nu steeg er niet langer een zwarte massa uit de toren van de put, maar een continue stroom vlammen, die op de grond stroomde. Het vuur had, door snel te rennen, de voren vol met olie gevolgd, het vuur verspreid over het land, naar de boerderij waar de gewonnen olie al sijpelde en als aanvulling hadden de vlammen, terwijl ze zich verspreidden, elkaar omhelsd. het droge gras van de graslanden, tot aan de oren die op het punt stonden van de velden te worden gemaaid, en het landschap was een woest inferno van vlammen geworden, die zich van de ene kant naar de andere verspreidden en velden, velden, schuren, kazernes, gereedschap verslonden en hoeveel het vraatzuchtige element op zijn pad vond.

De doodsbange strijders waren gestopt met vechten, zich bewust van het gevaar dat boven hen hing en waartegen ze niet konden vechten. Bovendien dwong het vuur, door zonder fixatie van de ene plaats naar de andere te rennen, hen in zijn vuur te hullen, hen terug te trekken, te ontsnappen uit die hel die hen uiteindelijk zou verslinden met zijn onverzadigbare verlangen naar vernietiging.

Gleen, doodsbang, nog maar een beetje bekomen van de barbaarse schok, haastte zich naar de plaats waar Fuchs en zijn paard onherkenbaar op de grond waren achtergelaten, en stapte uit, rende naar het vernietigde lichaam van zijn oom, geholpen door de voorman, die razend was en opgelopen door de verschrikkelijke schok die hij had opgelopen.

Alvin van zijn kant, die niet ver van de plaats van de verschrikkelijke ramp vocht, zwoer verrast door de suïcidale manoeuvre van de boer en legde een verschrikkelijke eed af, en met zijn gezicht vertrokken door een onedele grimas van geconcentreerde woede, lanceerde hij zijn paard naar voren , op zoek naar de boer om in hem alle giftige woede te blussen die zijn ziel verslond met meer kracht dan het vuur dat alles binnen zijn bereik begon te verslinden.

En hij was bijna bovenop Gleen en de voorman toen ze Fuchs' lichaam probeerden op te tillen, het weg te dragen en te voorkomen dat het vuur het te pakken kreeg.

Gleen had nauwelijks tijd om de onstuimige en wanhopige opmars van Alvin op te merken, die met zijn revolver in de hand zijn paard over de groep gooide en onbeheersbaar vuurde.

De jonge man greep in een wanhopige beweging de revolver die hij naast hem had achtergelaten terwijl hij over het lichaam van zijn oom leunde, en vuurde op Alvin, die hij op zijn beurt deed toen hij hem herkende.

Gleen had maar twee kogels in de loop van de revolver en ze werden allebei gretig op het lichaam van de ex-dealer gericht terwijl hij zijwaarts op zijn paard leunde om ook te vuren.

Alvin slaakte een verbijsterende kreet van pijn en draaide zich volledig op zijn zij en viel op de grond, waar hij twee tragische bochten nam om te krimpen, terwijl Gleen de aantrekkingskracht voelde van een van de kogels van zijn tegenstander, die tegen zijn linkerarm stootte.

Maar gelukkig was zijn wond niet ernstig, terwijl de twee die Alvin had gekregen noodgedwongen dodelijk waren.

De ontknoping was zo snel dat toen de voorman wilde ingrijpen, alles voorbij was.

Maar er was geen tijd voor commentaar. Het vuur vorderde overal en Gleen, bang om in de verslindende schijnwerpers te staan, riep uit:

'Binnenkort, James, neem het paard van die gier! Je moet het lichaam van mijn oom erin stoppen en wegwezen voordat het te laat is. Arme Virginia, wanneer ze op de ruïne op haar hielen zit, hoort ze van de tragische dood van haar vader.

Het halfvernietigde lijk werd gekruist in het zadel van Alvins paard, waardoor hij in de steek werd gelaten, en het gekwelde paar haastte zich om uit die vuurpot te ontsnappen en naar de ranch te gaan.

Het gevecht was gestopt. De pioenen, voordat ze werden opgeslokt door de vlammen die overal ontstonden, hadden zich teruggetrokken op de ranch, de overlevenden van Alvin's gezelschap ontsnapten met paardenklauwen, weg van het enorme gevaar, terwijl de eigenaren van de sinistere plaats op hun beurt doodsbang vluchtten en bijna alles, aangezien het vuur zo gestuwd was dat het hen nauwelijks in staat had gesteld iets van het meest bruikbare en essentiële uit hun hutten te halen.

Het gevaar werd nog groter toen het vuur, dat zich uitbreidde, de verspreide ladingen dynamiet bereikte die voor verkenning waren voorbereid.

Voortdurend werden gewelddadige explosies vastgelegd die het beeld tragischer maakten, de aarde sprong in vulkanen van stof en alles droeg bij om het panorama sinister te maken.

Toen de kleine groep afdaalde naar de ranch, vulden hun ogen zich met tranen en pijn, toen ze zagen hoe de oliestromen, toen ze vlam vatten, het vuur evenwijdig aan een van de zijkanten van de hacienda hadden gestookt.

En dit had de laatste handeling van het enorme drama uitgelokt. Het vee, verrast door het vuur, was gek geworden en wierp zich blindelings op de meidoornboom, ze hadden het op verschillende plaatsen afgesneden, alle kanten op ontsnapt om het beeld nog indrukwekkender te maken. Virginia, die bijna flauwgevallen was van de schrik toen ze vanaf de ranch zag hoe het vuur was uitgebroken en het van de hellingen in de richting van de ranch zag rennen, had zich gehaast om haar jackfruit te monteren, om te ontsnappen aan het dreigende gevaar waarin ze verkeerde.

En uit angst voor het leven van zijn vader was hij in de richting van de plaats van het gevecht gesprongen, niet bezorgd wat er met hem zou gebeuren in die blinde poging om de boer te vinden, om hem te dwingen zich terug te trekken uit de catastrofe.

En de ontmoeting was tragisch pijnlijk, toen hij Gleen aankeek, met een gewonde arm en met bloed bevlekte kleren en een lijk dat hij niet kon herkennen, slap hangend uit de stoel.

Toen hij Gleen en de voorman zag, kwam hij naar voren en schreeuwde:

"Gleen! Gleen! Uit medelijden! Waar is mijn vader?

Gleen en de voorman stopten geschokt en durfden niet te antwoorden, maar zij, haar doodsbange ogen op het wiegende lijk gericht, slaakte een indrukwekkende kreet en rende naar hem toe, hem met oneindige wanhoop omhelzend.

-- Papa! Papa!

Gleen negeerde haar verwonding en kwam naar haar toe om haar van het verbrijzelde lichaam te scheiden, terwijl ze hees zei:

'Niemand kon het helpen, Virginia. Toen we met Alvins mannen vochten, brak je vader per ongeluk weg, en met wat harsachtige takken die hij op zijn zadel droeg, stak hij ze in brand en gooide ze in de oliebron. Hij kon de uitgestrekte golf van de lucht niet vermijden toen de explosie plaatsvond en werd als een kogel weggegooid. Hij pleegde zelfmoord en niemand kon het helpen, maar als het een troost mag zijn, ik zal je zeggen dat ik Alvin heb vermoord, het monster dat ons deze verschrikkelijke catastrofe heeft gebracht. Op zijn minst zal hij niet profiteren van olie, noch zal hij genieten van de dood

'Hiermee krijg ik mijn vader niet terug, Gleen, het zal niet eens mijn landgoed redden. Kijk, zie je het niet?

"Ik zie het en ik zie ook dat het vuur langs en niet over de weilanden gaat, waarom?

De voorman verklaarde doof:

"Laten we daarheen gaan. Hier lossen we niets op en in plaats daarvan, als er iets kan worden gedaan, moeten we het proberen met de mannen die ongedeerd zijn teruggekeerd. Ik had je iets te vertellen, maar als we bij de ranch zijn.

Gleen hielp Virginia op het paard en ze keerden terug naar de ranch, waar een dozijn of meer mensen ongedeerd waren teruggekeerd, met nog vier gewonden in de gevechten.

De voorman vroeg:

"Wat is er aan de hand? Hoe is het vuur niet naar binnen gestroomd?

"Het is gestopt door de bedding van de beek die langs het hek en de twee vijvers loopt. Ook blaast de lucht in de tegenovergestelde richting.

'Dus, jongens, jullie moeten de stroom helpen zodat het vuur niet naar de overkant kan. Een inspanning zo ver als onze strijdkrachten kunnen gaan en anticiperend een barrière van aarde bouwen aan deze kant van de rivier. Zorg ervoor dat het geen droge takken of gras bevat dat bevorderlijk is voor verbranding. Hoe zit het met vee?

'Bijna alles is ontsnapt, voorman. Aan het einde van de wei staan runderen, maar vreselijk bang. Wie weet of de anderen naar de rivier zijn gevlucht om erin te zinken, of verbrand zijn omgekomen.

'Nou, het onherstelbare heeft geen remedie. We weten niet wat er zal gebeuren, of wat het einde zal zijn, maar wat gered kan worden, moet gered worden. Het enige dat zeker lijkt, is dat dit nooit meer een ranch en weiland zal zijn. De olie zal het gras op de een of andere manier doden, en het vee, wie weet wat er geoogst kan worden. Maar alles is nog niet verloren, hoewel de baas is overleden en zijn dochter alleen op de wereld is achtergelaten, is haar moeder in Texas, zoals je weet, om voor een van haar zieke zussen te zorgen, en hoewel ze niet in staat zal zijn om de vreselijke verrassing van het weten van de dood van haar man te vermijden, zal in ieder geval de gruwel van het kijken naar dit schilderij zijn vermeden.

Gleen en Virginia hadden het lichaam van Fuchs naar de ranch gebracht. Dit leek op dit moment niet te worden verslonden door de vlammen, aangezien het geluk het druppelen van de olie had afgesneden vanwege de bedding van de beek en de vijvers.

Nadat hij dergelijke regelingen had getroffen, voegde de voorman zich bij het belegerde echtpaar en verklaarde:

"Dhr. Gleen, je moet je wond niet verachten. Je hebt veel bloed verloren en je moet voor die arm zorgen.

Hij haalde ontsteld zijn schouders op, maar Virginia, reagerend, riep uit:

'Sorry, Gleen, ik ben meegesleept door de vreselijke pijn die de dood van mijn vader me heeft aangedaan en ik ben alles vergeten. Ik zal je genezen zoals ik kan totdat het mogelijk is voor een dokter om je te zien.

Hij zocht naar een doos met medische benodigdheden en bereidde zich voor om de gewonde man te behandelen. Terwijl hij dat deed, keek hij de voorman angstig aan en mompelde tussen de hikken door:

"Het is voorbij! Voor ons, voor jou en voor je mannen.

De voorman, besluiteloos, antwoordde:

'Dat klopt, we moeten het toegeven, maar ik moet je iets meedelen. Ik kon het gisteravond niet doen vanwege de manier waarop het allemaal tot stand kwam, maar nu zal ik het je vertellen. Laat in de middag kwamen de twee arbeiders die aan het werk waren aan de put die we wilden openen heel opgewonden om me te vertellen dat ze niet verder durfden te graven, omdat de grond vochtig was geworden en de aarde naar olie rook. Ze zijn ongeveer zes meter verder en het lijkt erop dat de olie op het punt staat te barsten. Ik wilde je zoeken om te vragen wat we aan het doen waren, maar ik kon niet met je praten en ik moest het voor later achterlaten. Nu laat ik het je weten.

'Heb je het gezien? vroeg Gleen terwijl ze hem genas.

"Ja, en ik heb geverifieerd dat het waar is. Ik heb de overtuiging dat, met weinig meer dat wordt uitgediept, er olie zal ontstaan, maar ik heb begrepen dat het niet moet worden voortgezet. Verder heb ik opdracht gegeven om vuil over het gat te gieten, om het voorlopig verborgen te houden. Ik wist niet hoe de baas zou reageren en ik dacht dat het voorlopig genoeg was om te weten dat net zoals er olie is in andere delen van de vallei, er ook hier olie is. En ik begrijp dat dit op zijn minst slecht is. Als de ranch verloren gaat omdat hier geen vee meer kan worden gefokt, dan heb je tenminste de waarde ervan, of veel meer, in olie. Ik weet dat ze hem haten zoals wij allemaal, maar ze kunnen altijd het land verkopen dat het grootste is, met wat het bevat van die walgelijke vloeistof en dan... Nou, niet meer, want de baas stierf, Miss Virginia en haar moeder zullen er niet in geïnteresseerd zijn om door te gaan met het fokken van vee, ook al is het in een andere plaats, maar ze zullen in ieder geval een goed bedrag ontvangen en ze zullen niet in ellende verkeren. Wat ons betreft... we gaan terug naar Texas en God zal het zeggen.

Virginia wendde zich tot hem en zei:

"Daar gaan we het over hebben. Mijn vader hield heel veel van je, je steunde hem, je hebt jezelf blootgelegd, je hebt je leven geriskeerd om hem te helpen en zijn eigendom te verdedigen en sommigen hebben het verloren. Als je genoeg spaart om iets nieuws te proberen, zullen jullie geen van beiden in de steek worden gelaten door mij, noch door mijn moeder. Op dit moment kan ik niets zeggen. We moeten afwachten hoe deze tragedie afloopt, maar later zal de toekomst het laatste woord hebben.

"Dank u, Miss Virginia" antwoordde de voorman ontroerd. Je weet dat we allemaal van je houden en dat als je ons nodig hebt, je ons als één man aan je zijde zult hebben. Nu ga ik kijken wat de jongens doen om ervoor te zorgen dat het vuur niet verder kan reiken en... dat het lot zijn laatste woord heeft.

Virginia was klaar met het behandelen van de arm van haar neef en zei, wat kalmer:

'Gleen, ik heb je niet bedankt zoals ik had moeten doen voor wat je hebt gedaan, ook al kon je niet meer doen. Bedankt met heel mijn hart.

"Het is het niet waard, en ik werd gedwongen om dat en nog veel meer te doen. Nu rest mij alleen nog om alles voor de begrafenis van je vader te regelen, en later, als je denkt dat ik kan ingrijpen in de kwestie van de verkoop van het land door te onderhandelen met een oliemaatschappij, zal ik dat met heel mijn hart doen. Ik zal proberen twee of meer bedrijven te confronteren om het land te betwisten, om er een hogere prijs voor te krijgen en nadat alles is geregeld, beslist u wat u gaat doen.

"We zullen het te zijner tijd bestuderen, maar ik heb je ook iets te vragen: wat ga je doen?

Glen was gespannen; eigenlijk wist ik het niet.

"Nou, ik denk dat ik op zoek moet naar een stageplaats waar ik mijn studie kan afmaken. Als ik ze niet af zou maken, zou ik ze opgeven om een nieuw leven te beginnen.

'Waarom? Als het financieel goed gaat, is dat geen reden dat mijn vader is verdwenen, zodat we je laten hangen als het minste ontbreekt.

"Dank je, daar kunnen we het nog niet over hebben, al weet ik zeker dat wat je aan de ene kant hebt verloren, je aan de andere kant zult winnen. Het belangrijkste is wat je daarna gaat doen. Je bent alleen en ik heb de plicht om de ontvangen gunsten terug te geven en je zoveel mogelijk te helpen.

'Ik ben bang dat je dat niet kunt, Glen.

"Waarom?

'Want als we dit meteen verkopen en we kunnen hier niet verder, gaan we naar Texas en met het geld kopen we een andere ranch. Mijn vader wilde alleen zijn weiden en zijn vee verdedigen, ik moet zijn werk voortzetten, als het niet hier op een andere plaats is. Trouwens, ik kan onze mannen niet in de steek laten, terwijl ze zoveel voor ons hebben blootgelegd. Ik neem ze mee, we kopen een ranch, en we zullen zien hoe hij zichzelf verdedigt. Ik vertrouw in ieder geval James, die deskundig en loyaal is.

'Ja, maar waarom die obsessie? Waarom bestudeer je het voorstel dat ik je heb gedaan niet? Tegen de tijd dat je uit de rouw bent, ben ik misschien klaar met mijn carrière en heb ik een goede baan in een of ander bedrijf. Deze ranch waar je afstand van moet doen, bindt je niet.

'Om het voor een ander te verwisselen, heb ik je al verteld. Alles zal zo nauw volgen als mijn vader het wenste, en ik zal zijn inspiratie volgen en bovendien zal ik mijn manier om het leven en het huwelijk te begrijpen niet veranderen. Wie van me houdt, wie met me wil trouwen, zal deze familietraditie zo lang mogelijk moeten volgen. Dit is een onherroepelijke beslissing, Gleen, dat heb ik je al verteld, en het kan geen verschil maken dat mijn vader verdwenen is of dat we ergens anders heen moeten.

Gleen, gespannen, mompelde:

'Maar Virginia, realiseer je je niet dat ik je met mijn carrière iets van mij kan bieden en anders kan ik nergens dood neervallen? Door ongeluk heb ik moeten leven ten koste van mijn familieleden, en als ik op het punt sta ze in het leven te gebruiken, is dat dankzij je vader. Kan ik stoppen met mijn carrière om je wat te bieden? Is het niet genoeg dat ik heb genoten van wat niet van mij is? Realiseer je je niet dat van je houden met heel mijn hart, onheil me met handen en voeten bindt? Het minste zou zijn om mijn studie te verlaten en me aan iets anders te wijden, en jij eist hetzelfde; Bovendien ben ik een arme student.

Virginia, gespannen, antwoordde:

'Ik koop geen echtgenoten, Gleen. Mijn hart heeft maar één recht pad, en om het te bereiken, is er alleen liefde nodig en geen geld.

Gleen verstijfde en staarde vanaf daar naar het fantastische landschap. De immense fontein van vuur, bleef stuiteren als iets hels, het landschap markeren met zijn parabel van vuur, de vuren door het land, verminderden toen gras en spikes werden verteerd en nerveuze wezens als geesten, bewogen in de verte, rond de verbrande plaatsen, op zoek naar hun eigendommen.

Alles was getransformeerd, en hoewel de verliezen op dit moment aanzienlijk waren, zou olie het wonder van de heropleving verrichten.

Gleen wendde zich tot Virginia en vroeg hees:

"Virginia ..., als ik ..., ik heb afstand gedaan van alles ..., ja ..., ik vouwde naar uw wens en zal ... als ik mezelf met lichaam en ziel tot uw beschikking stel om u te helpen de pad dat jij hebt getrokken.., zou je niet denken dat ik het uit egoïsme doe en niet uit genegenheid jegens jou?

 Ze antwoordde eenvoudig:

'Als ik dat dacht, zou ik je vanaf de eerste poging hebben afgewezen, maar zie je, dat doe ik niet.

Ze sloegen allebei de handen van emotie, terwijl hun ogen zich vulden met tranen van geluk.

EINDE